Gregor Raab

L. Alexander Metz

AF194568

Nach dem Krieg war alles anders

Erinnerungen an Kriegs- und Nachkriegszeiten

L.A.M.

Gregor Raab

geboren 1982 in Roding, ist Lehrer am Robert-Schuman-Gymnasium in Cham, engagierter Bienenzüchter und freier Journalist. Der vielseitig interessierte und sozial engagierte Familienvater sammelte von 2008 bis 2014 als dritter Bürgermeister von Traitsching politische Erfahrungen.

Für eine Serie der Mittelbayerischen Zeitung hielt er 2014/2015 die Kriegserinnerungen ehemaliger Soldaten seiner Heimat fest.

L. Alexander Metz

geboren 1946 in Cham/Opf., Regensburger Domspatz von 1955 bis 1966, von Beruf IT- und Datenkommunikations-Manager, ist seit 2006 als Verleger, Filmproduzent und Autor tätig. Als Yoga-Lehrer aus der Schule Yesudian/Haich und Chorleiter arbeitete er viele Jahre im Rahmen des „Chamer Modells" therapeutisch mit an Demenz erkrankten Menschen.

Nach dem Krieg war alles anders

Erinnerungen an Kriegs- und Nachkriegszeiten

von

Gregor Raab und
L. Alexander Metz

bearbeitet und herausgegeben von
L. Alexander Metz

Herstellung und Verlag:
BoD - Books on Demand, Norderstedt

Fotos:
aus dem Privatbesitz der im Buch genannten Personen

Umschlaggestaltung und Fotobearbeitung:
L. Alexander Metz

Herausgeber:
L.A.M.
L. Alexander Metz
Hildegardstraße 6
80539 München

ISBN 978-3-75574-253-1

Inhalt

Vorwort

Der Zweite Weltkrieg (1939 bis 1945), Gefangenschaft, Flucht und Vertreibung forderten Millionen Opfer bei allen beteiligten Völkern.

Wer die schrecklichen Kriegsjahre als Soldat oder als Flüchtling überlebte, ist meist schwer traumatisiert in die Heimat zurückgekehrt. Junge Männer wurden gezwungen, in den Krieg zu ziehen. Für Führer, Volk und Vaterland. Kriegsdienstverweigerung bedeutete den sicheren Tod. Nach Krieg, Gefangenschaft und Flucht galt es, ins Leben zurückzufinden, anzupacken, Deutschland wieder aufzubauen. Es gab keine Zeit, die verwundeten Seelen zu heilen. Viele der Heimkehrer und Flüchtlinge waren ein Leben lang geplagt von Albträumen. Darüber zu sprechen oder gar klagen, war tabu.

Wir möchten in diesem Buch Menschen zu Wort kommen lassen, die diese schreckliche Zeit er- und überlebt haben. Nicht jeder Soldat war ein eifriger und dienstbeflissener Täter, nicht jeder Deutsche ein aktiver Verfechter des Hitler-Regimes.

„Richtet nicht, damit ihr nicht gerichtet werdet", möchten wir all jenen mitgeben, die auf die Kriegsgeneration mit dem Finger zeigen.

70 Jahre nach dem schrecklichen Krieg sprachen wir mit Betroffenen über ihre Erlebnisse. Es war erschütternd für uns, die wir 70 Jahre Frieden erleben durften und in der Zeit des Wirtschaftswunders aufgewachsen sind, zu erfahren, was die Kriegsgeneration erdulden musste. Nur weil ein Größenwahnsinniger glaubte, die Welt erobern zu müssen.

Gregor Raab   L. Alexander Metz

Franz Janker 1943
(* 9.10.1925   † 28.4.2017)

Nur das Überleben zählte

Franz Janker aus Tragenschwand, einem kleinen Ort in der Oberpfalz, erlebte als Panzerfahrer hautnah die Schrecken des Zweiten Weltkriegs.

Die grauenvollen Eindrücke konnte er ein Leben lang nicht vergessen oder gar verarbeiten. Das knirschende Geräusch der alles zermalmenden Panzerketten, die Enge im Inneren des Kolosses, das Zischen der Geschosse, quietschender Stahl, reglos am Boden liegende Soldaten.

Im Zweiten Weltkrieg hatte Franz Janker als Panzerfahrer ein unauslöschliches Trauma erlitten. Jahrzehntelang versuchte er, wie vermutlich viele andere Kriegsveteranen, diese grausamen und belastenden Bilder zu vergessen. Vergebens. Deshalb sieht er es, auf sein Leben zurückblickend, geradezu als seine Pflicht an, seine Erlebnisse mit deutlichen Appellen an die Nachwelt weiterzugeben.

Als der Veteran am Tisch seiner Stube sitzend über den Krieg redet, spürt man sofort, dass dieser betagte Mann viel zu erzählen hatte. Manches weiß Franz Janker noch ganz genau, etwa wie ein Aufklärungsflieger seinen unter einer Überführung versteckten Panzer entdeckte und nur um Haaresbreite verfehlte. „Die Detonation erschütterte die Brücke. Sie vibrierte und drohte über uns einzustürzen", schildert er noch immer sichtlich bewegt die Situation.

Viele seiner Erinnerungen sind aber auch nur noch verschwommen vorhanden. Doch je länger sich das Gespräch entwickelt, desto mehr bekommt man den Eindruck, als wäre er erneut mitten im Kriegsgeschehen.

Als Franz Janker, am 9. Oktober 1925 in Tragenschwand geboren, im Alter von 17 Jahren seinen Militärdienst beim Panzerregiment 6 in Bamberg antreten musste, ahnte er bereits, was auf ihn zukommen würde. Sein Vater, ein Kriegsveteran aus dem ersten Weltkrieg, hatte ihm in seiner Kindheit hin und wieder von den furchtbaren Geschehnissen an der Front erzählt. Franz hatte aufmerksam zugehört.

Noch oft denkt er an die mahnenden Worte seines alten Herrn zurück: „Mein Vater war ein erbitterter Gegner des kriegstreibenden Naziregimes und hat jeden vor einem erneuten Aufflammen des Krieges gewarnt. Schon damals wusste er, dass Hitler das ganze Land in den Abgrund reißen würde."

Zunächst leistete Franz Janker in Irlbach nahe Straubing, also nicht weit von seinem Heimatort entfernt, für sechs Monate seinen Arbeitsdienst ab, bis er 1942 schließlich seine Grundausbildung in Bamberg antrat. Mehrere Wochen wurde der junge Rekrut, der bereits eine Schusterlehre begonnen hatte, mit militärischem Drill zum Panzerfahrer ausgebildet.

Danach wurde der junge Rekrut auf einem Panzerkampfwagen III sowie dem Panzerkampfwagen IV des Herstellers Krupp geschult, bis er schließlich auf seiner eigentlichen Kampfmaschine, dem „Panther", detailliert und gründlich eingewiesen werden konnte.

Zwar fällt es Franz Janker im Gespräch schwer, sich an die verschiedenen Stationierungen in der Folge genau zu erinnern, jedoch blieben ihm während der Vertiefung seiner Ausbildungszeit Orte wie Fallingbostel in der Lüneburger Heide, Besigheim bei Heilbronn und Bamberg sehr wohl in Erinnerung.

„Da kommt nachts der Befehl des Leutnants zum Aufbruch, dann packst du deine Sachen und fährst mit dem Tross weiter. Du weißt nicht, wohin du ziehst. Und wenn du ankommst, weißt du nicht einmal, wo du dich befindest."

Oft mussten sie tagelang an einem Ort die Stellung halten, bis der nächste Einsatzbefehl kam. „Da war auch Zeit für andere Sachen", erinnert er sich etwas schmunzelnd an die schönen Mädchen, denen ein Paar Soldaten zum Opfer fielen. „Da wurde schon mal kurzerhand der Tanzboden eines Wirtshauses mit Stroh ausgelegt." Die Freude aber währte nicht lange, denn schon bald hatten jene Schürzenjäger gesundheitliche Probleme. „Denen hat die ganze Zeit der Stutzen getropft und ich musste sie ins Krankenhaus fahren, wo der Doktor einen Tripper diagnostizierte."

In Saarbrücken kam Franz Janker das erste Mal in einem Kriegsgebiet zum Einsatz. Hier wurde im Sommer 1943 die Panzerdivision 6 nach Calais in Frankreich versetzt und schließlich auf den „Königstiger", den stärksten deutschen Kampfpanzer des Zweiten Weltkriegs, umgeschult.

Ab Herbst 1943 spitzte sich die Lage in Nordfrankreich bedrohlich und beängstigend zu. In der Erwartung eines Angriffs der Alliierten verlagerte die deutsche Heeresleitung große Teile der Truppen an die Küste. Aufgrund einer strategischen Entscheidung waren die Panzerkräfte aber nicht für die vorderste Front bestimmt worden. Da der genaue Ort des alliierten Vorstoßes nicht vorhersehbar war, sollten die mächtigen Stahlkolosse stattdessen im Hinterland auf ihren Einsatzbefehl warten. Die Oberbefehlshaber erhofften sich durch diese Taktik einen größeren Angriffsradius der Panzer.

Als schließlich am 6. Juni 1944 die ersten feindlichen Boote in der Normandie landeten, befand sich die Division von Franz Janker in einem Waldstück nahe der historischen Hafenstadt Cherbourg. „Wir wurden sofort in Bewegung gesetzt. Niemand hatte mit so einer Übermacht des Gegners gerechnet", erinnert er sich.

Im Kampfgebiet spielten sich entsetzliche Szenen ab. Die Deutschen hatten der Überlegenheit der Alliierten nichts entgegenzusetzen. „Wir versuchten vergebens die Stellung zu halten. Mit unserer Kanone schossen wir auf die näherkommenden Schiffe. Hunderte von Flugzeugen donnerten über uns hinweg und ließen einen Bombenhagel herabregnen. Die vielen Fallschirmjäger verdunkelten geradezu den Himmel. Diese Invasion war nicht mehr zu stoppen. Ich dachte: Das ist das Ende. Jetzt erwischt es mich", sagt der Zeitzeuge.

In ihrer aussichtslosen Lage traten sie letztendlich den Rückzug an, der ihnen nur mit großen Verlusten an Menschen und Material glückte. „Viele gute Leute mussten in diesem Gemetzel ihr Leben lassen. Die haben die jüngeren, nachrückenden und unerfahrenen Soldaten abgeschossen wie die Hasen."

Deutscher Panzer auf dem Vormarsch
Foto: Franz Xaver Mayer

Außerhalb der Gefahrenzone sammelten sich die aufgeriebenen Kompanien. Die Wehrmacht holte umgehend zum Gegenschlag aus, doch die Einsätze auf den Wiesen und Feldern der französischen Provinzen glichen einem Himmelfahrtskommando. Angetrieben von den Durchhalteparolen ihrer fanatischen Befehlshaber lieferten sich die deutschen Truppen mit den anrückenden Streitkräften schwere Gefechte und stellten sich mutig dem Feind entgegen. Franz Janker gelang es, mit seiner Besatzung mehrere feindliche Panzer abzuschießen.

„Man musste immer aufs Ganze gehen. Entweder überleben die oder wir", bringt er die damalige Zwangslage auf den Punkt. Die dicken Stahlwände seines Gefährts boten ihm einigermaßen Schutz vor dem Stahlgewitter des Schlachtfelds, die meisten Infanteristen aber, die sich hinter dem Heck seines Ungetüms verschanzt hatten, kamen im Kugelhagel der Alliierten ums Leben. Der Gegner war ihnen in den Kämpfen materiell und personell weit überlegen, sodass sie bei ihren verzweifelten Gegenoffensiven immer wieder steckenblieben.

Nach mehreren gescheiterten Operationen ordnete die Armeeführung schließlich an, das Territorium zu räumen. Das große Blutvergießen war vorläufig gestoppt. „Dann mussten wir die Toten aufsammeln und auf Wagen legen. Keiner sollte zurückbleiben."

Auf dem Rückzug nach Paris lauerten überall weitere Gefahren auf sie. Hinter Hügeln, in Waldrändern, aber auch in Dörfern hatten sich französische Widerstandskämpfer verschanzt. Bestärkt durch den alliierten Vormarsch kämpften sie enthusiastischer denn je und voller Pathos für die Befreiung ihres Landes. Franz Janker berichtet: „Vor ihnen musste man sich besonders in Acht nehmen. Sie kamen aus dem Hinterhalt. Viele Kameraden fielen ihnen zum Opfer."

Der Krieg hatte bei all diesen Auseinandersetzungen seine eigenen grausamen Gesetze. Sobald Jankers Panzerkommandeur einen versteckten Schützengraben entdeckte, steuerte er diese Stellung an. Mit kreischenden Stahlketten rollte der „Königstiger" auf das Erdloch zu. Angesichts des mächtigen Kolosses ergriffen die Männer, wenn sie dazu noch in der Lage waren, panikartig die Flucht. Der Richtschütze an Bord erledigte mit dem ratternden Maschinengewehr dann den Rest. Über dem Erdloch wurde das Ungetüm dann einmal um seine eigene Achse gedreht. Entweder wurden die Kämpfer, die sich nicht mehr rechtzeitig in Sicherheit bringen konnten, unter dem Panzer zermalmt oder die Kluft wurde durch den enormen Druck auf die Wände zugeschüttet. Tod und Beerdigung fanden dann zur gleichen Zeit statt. „Wieder ein Vermisster mehr", meinte dann der Kommandeur im Panzer süffisant dazu.

Franz Janker gewährt bei diesen grauenvollen Schilderungen tiefe Einblicke in seine Gefühlswelt: „Damals konnte man nicht lange über sein Handeln nachdenken. Im Krieg gibt es keine Regeln. Hier zählt nur das Überleben."

Er musste aber auch die Erfahrung machen, dass der Todbringer selbst zur Todesfalle werden kann. So waren die behäbigen Panzer ständig den Angriffen von feindlichen Kampfflugzeugen ausgeliefert. „Die Amerikaner hatten einen Fliegertyp, den man schon aus weiter Ferne hörte. Wir sagten immer Nähmaschine dazu, da sein Geräusch dem einer Nähmaschine ähnlich war." Tagsüber versteckten sie die Panzer meist in Scheunen, unter Brücken oder an Waldrändern. Nicht selten wurde sogar der ganze Panzer eingegraben. Hierzu musste der V-Tross ein Loch ausheben, dann wurde der Panzer hineinchauffiert und mit Stroh und Ästen zugedeckt. Der Zug bewegte sich vorrangig im Schutze der Nacht weiter.

Die gefährlichen Tiefflieger, die auf alles schossen, was sich bewegte, konnten dennoch die fahrenden Kettenfahrzeuge wegen ihrer glühenden Auspuffrohre leicht ausfindig machen, wenn diese nicht rechtzeitig bedeckt wurden.

„Ständig fielen Bomben vom Himmel. Aber ich habe immer Glück gehabt", erzählt Franz Janker. Ein solches Massel hatte er auch, als sein „Königstiger" von einer Mine getroffen wurde. Die Wucht der Explosion hob im Bruchteil einer Sekunde den tonnenschweren Panzerturm aus den Angeln, der beim Zurückfallen den Richtschützen zerquetschte. „Plötzlich kamen mir zwei Beine entgegen und dann eine Unmenge von Blut."

Franz Janker, der direkt unter ihm am Steuer saß, überlebte die heftige Detonation wie durch ein Wunder unverletzt. Der Krieg ging für ihn aber dennoch weiter. Gnadenlos. Er wurde nach Ungarn versetzt, um dort bei der Plattensee-Offensive den Vorstoß der Roten Armee Richtung Wien abzuwehren. Es galt, die dortigen Ölquellen und Treibstoffreserven für die deutsche Kriegswirtschaft zu sichern.

Vom Plattensee herkommend drang seine Panzerdivision bis nach Budapest vor. Während der erbitterten Straßenkämpfe wurde die deutsche Wehrmacht schließlich eingekesselt. „Die SS-Division Wiking hat uns wieder rausgeschlagen. Das waren ganz Fanatische, diese SS-ler. Die hatten im inneren Oberarm das SS-Zeichen eintätowiert. Die kannten keine Gnade, mit niemandem, außer den eigenen Leuten."

Trotz der geglückten Befreiung wurden sie bis nach Österreich zurückgeschlagen. Die Strapazen der einzelnen Etappen ließen bei den Soldaten allmählich den letzten Rest an Siegeswillen und -glauben verglühen. In Österreich verschärfte sich durch die weit in den Westen vorgestoßenen Amerikaner die Situation zusätzlich.

In der Führungsebene herrschte zwischenzeitlich das blanke Chaos. Die Einheiten wurden immer weiter zersprengt. „Niemand wusste, wie es weitergehen sollte. Wir nahmen nur noch vor dem Feind Reißaus. Wir ließen alles mitten im Nirgendwo liegen und stehen." Der Ring um sie schnürte sich gnadenlos immer weiter zusammen. Völlig von der Außenwelt abgeschnitten stellten sie sich schließlich den Amerikanern.

Sechs Monate lang musste Franz Janker anschließend mit seinen Kameraden in einer österreichischen Sandgrube schuften. Als ein Gefangenentransport nach Nürnberg anstand, wurde er schließlich von den G.I.s als Fahrer ausgewählt. Ein Wink des Schicksals! Die Route in die fränkische Metropole sollte über Straubing führen, wo seine Schwester wohnte. Franz Janker sah deswegen den idealen Zeitpunkt für eine Flucht gekommen.

Bereits vor der Abfahrt heckte er zusammen mit seinem Kumpel aus Berlin einen gewagten Plan aus. Ziel war es, den Truck durch einen fingierten Defekt zum Stehen zu bringen, um dann im geeigneten Augenblick das Weite zu suchen. Bei Straubing schien der richtige Zeitpunkt gekommen zu sein. Franz Janker täuschte einen Fahrfehler vor und steuerte den Transporter mit voller Wucht in einen Bombenkrater. Das Kalkül ging auf. Die Achse des Wagens war auf der Stelle gebrochen und eine Weiterfahrt somit ausgeschlossen.

„Der Amerikaner, der bei mir im Führerhaus saß, hat sich fürchterlich über mich aufgeregt", lacht Franz Janker, während er seine Befreiung schildert. Alle Mitfahrer, die allesamt den Unfall unbeschadet wenngleich mit großem Schrecken überstanden hatten, wurden auf die übrigen Fahrzeuge verteilt. Franz Janker und sein Kumpan durften dagegen beim Wrack zurückbleiben. Ohne Bewachung! Als die Blechkarawane aus ihrer Sichtweite war, machten sie sich aus dem Staub.

Zunächst versteckten sie sich auf einem Friedhof, bis die Luft rein war. Anschließend suchten sie einen Bekannten von seiner Schwester auf, der sie in einem Mistwagen versteckte, auf einem Floss über die Donau brachte und dann nach Hunderdorf im Landkreis Straubing fuhr. Querfeldein schlugen sich die beiden dann unbemerkt bis nach Tragenschwand durch. Aber sogar noch nach Kriegsende mussten sie sich vor den regelmäßig durch das Dorf patrouillierenden Soldaten verstecken, da sie keinen gültigen Entlassungsschein vorweisen konnten.

Allmählich aber entspannte sich die Situation. Nach den Wirren des Krieges krempelte der „Abraham Franz", wie ihn alle Freunde liebevoll nennen, beherzt die Ärmel hoch. Er übernahm die Landwirtschaft seiner Eltern und baute nebenbei noch ein kleines Fuhrunternehmen auf. Im Jahr 1954 trat er mit seiner Frieda vor den Traualtar. Drei Söhne und zwei Töchter gingen aus der Ehe hervor.

Der Zeitzeuge Franz Janker ist ein tiefgläubiger Mensch. Über die Verheerungen, die der Krieg seiner Seele zugefügt hatte, hilft ihm besonders seine Frömmigkeit und sein Glaube an einen ihn beschützenden Gott hinweg. So erzählt er auch, dass ihm vor Antritt seines Arbeitsdienstes der Ortspfarrer Markl noch den Segen Gottes gespendet und einen Rosenkranz geschenkt hatte. Dieser geweihte Talisman war im Panzer sein ständiger Begleiter. Das stille Gebet verschaffte dem jungen Soldaten offenbar Trost und Hoffnung trotz der vielen traumatischen Erlebnisse.

Auch 70 Jahre nach Kriegsende, muss er noch fast täglich an die schrecklichen Geschehnisse denken. „Oft werde ich nachts wach, dann kommt mir alles wieder in den Sinn, dann versuche ich all diese schrecklichen Gedanken zu verdrängen, sonst ist es vorbei mit dem Schlaf", erzählt er ganz offen. Und er ist sich sicher: „Der Herrgott im Himmel hat mir geholfen." Anders kann er sich sonst nicht erklären, wie er das Ganze unversehrt überstanden hat. Seine Botschaft ist eindringlich: „Es ist ein Geschenk, dass wir seit sieben Jahrzehnten in Frieden leben dürfen. Wir müssen alles daransetzen, dass das auch weiterhin so bleibt; denn was ich im Krieg erlebt habe, das wünsche ich niemandem."

Gotteskraft

Ich sehe den Tod und das Leben. Wenig geleistet habe ich in meinem kurzen Leben. Gott dem Herrn habe ich meine Seele befohlen, in ihm habe ich sie ganz und fest versiegelt. Frei bin ich, alles zu wagen. Meine Seele gehört Gott, mein Leben dem Vaterland, mir selbst aber bleibt übrig Freude und Kraft.

Evangelisches Feldgesangbuch 1939

Franz Janker 2015

Deutsches Soldatentum

1. Die Wehrmacht ist der Waffenträger des deutschen Volkes. Sie schützt das Deutsche Reich und Vaterland, das im Nationalsozialismus geeinte deutsche Volk und seinen Lebensraum. Die Wurzeln ihrer Kraft liegen in einer ruhmreichen Vergangenheit, in deutschem Volkstum, deutscher Erde und deutscher Arbeit. Der Dienst in der Wehrmacht ist Ehrendienst am deutschen Volk.

2. Die Ehre des Soldaten liegt im bedingungslosen Einsatz seiner Person für Volk und Vaterland bis zur Opferung seines Lebens.

3. Höchste Soldatentugend ist der kämpferische Mut. Er fordert Härte und Entschlossenheit. Feigheit ist schimpflich, Zaudern unsoldatisch.

4. Gehorsam ist die Grundlage der Wehrmacht, Vertrauen die Grundlage des Gehorsams. Soldatisches Führertum beruht auf Verantwortungsfreude, überlegenem Können und unermüdlicher Fürsorge.

5. Große Leistungen in Krieg und Frieden entstehen nur in unerschütterlicher Kampfgemeinschaft von Führer und Truppe.

6. Kampfgemeinschaft fordert Kameradschaft. Sie bewährt sich besonders in Not und Gefahr.

7. Selbstbewusst und doch bescheiden, aufrecht und treu, gottesfürchtig und wahrhaft, verschwiegen und unbestechlich soll der Soldat dem ganzen Volk ein Vorbild männlicher Kraft sein. Nur Leistungen berechtigen zum Stolz.

8. Größten Lohn und höchstes Glück findet der Soldat im Bewusstsein freudig erfüllter Pflicht. Charakter und Leistung bestimmen seinen Weg und Wert.

Gebet für Führer, Volk und Wehrmacht

In Deiner Hand, o Gott, liegt die Herrschaft über alle Reiche und Völker der Erde.

Segne unser deutsches Volk in Deiner Güte und Kraft und senke uns tief ins Herz die Liebe zu unserem Vaterlande. Lass uns ein heldenhaftes Geschlecht sein und unserer Ahnen würdig werden.

Lass uns den Glauben unserer Väter hüten wie ein heiliges Erbe.

Segne die deutsche Wehrmacht, welche dazu berufen ist, den Frieden zu wahren und den heimischen Herd zu schützen, und gib ihren Angehörigen die Kraft zum höchsten Opfer für Führer, Volk und Vaterland.

Segne besonders unseren Führer und Obersten Befehlshaber in allen Aufgaben, die ihm gestellt sind. Lass uns alle unter seiner Führung in der Hingabe an Volk und Vaterland eine heilige Aufgabe sehen, damit wir durch Glauben, Gehorsam und Treue die ewige Heimat erlangen im Reiche Deines Lichtes und Deines Friedens. Amen.

Evangelisches Feldgesangbuch 1939

Arnold Tiedemann 2014
(* 12.12.1924 † 2.11.2020)

Im Dienst für Volk und Vaterland

„Ich hatte immer Glück!", meint Arnold Tiedemann, als er auf sein bewegtes Leben zurückblickt. Während der rüstige Sattelpeilnsteiner, Jahrgang 1924, äußerst detailliert von seinen Erfahrungen während des Zweiten Weltkrieges und der harten Nachkriegszeit erzählt, betont er immer wieder, wie gut es das Schicksal mit ihm gemeint hatte.

Aufgewachsen ist Arnold Tiedemann mit seinen acht Geschwistern in der Nähe vom ostpreußischen Königsberg im heutigen Polen. Mitten in den Kriegswirren des Jahres 1942 glaubte der damals 17-jährige Schneidergeselle, er „müsse Deutschland helfen, den Krieg zu gewinnen" und entschied sich daher freiwillig zum Dienst bei der Wehrmacht. Und das, obwohl bereits einer seiner Brüder im Zuge einer russischen Offensive ums Leben gekommen war. Als selbstverständlich sah es Arnold Tiedemann zu diesem Zeitpunkt, sich in den Dienst des Deutschen Reiches zu stellen. Für Führer, Volk und Vaterland.

Das erste Mal hatte er bezüglich seines Heldenmutes insofern Glück, dass er ganze zwei Zentimeter zu klein war, um für den militärischen Dienst in den Schlachten eingesetzt werden zu können. So kam es, dass Arnold Tiedemann von Januar 1943 bis zum Kriegsende an verschiedenen Stationen dienen musste und zwar als Fallschirm- und Sicherheitsbediensteter der deutschen Luftwaffe, wie etwa in Warschau, Schleißheim, Stuttgart und schließlich Schwäbisch Hall.

Noch im April des Jahres 1945, als eine deutsche Niederlage längst besiegelt war, wurde Tiedemann mit zwei weiteren Kameraden ins niederösterreichische Amstetten versetzt. Als Bahnknotenpunkt war dieser Ort während des Krieges von strategischer Wichtigkeit als Kriegsziel und wurde deshalb mehrmals von US-Amerikanern und später von sowjetischen Truppen schwer bombardiert. Das schwerste Bombardement erlitt die mit Flüchtlingstrecks und sich zurückziehenden Wehrmachtsteilen vollgestopfte Stadt erst in den letzten Apriltagen 1945.

Und Arnold Tiedemann hatte wiederum Glück: Er und seine beiden Kumpanen konnten sich in einer Scheune in der Nähe von Amstetten verstecken, wo sie die letzten Tage des Krieges in ständiger Angst, entdeckt zu werden oder in die drohende Gefangenschaft zu gelangen, ausharrten.

„Jungs, der Krieg ist aus! Ihr könnt heim gehen!" Mit diesen Worten wurden die drei jungen Soldaten nach der bedingungslosen Kapitulation der Wehrmacht am Morgen des 9. Mai 1945 von ihrem Befehlshaber nach Hause geschickt. So wie für unzählige Landser nach Kriegsende begann auch für Arnold Tiedemann eine Reise ins Ungewisse. Wohin sollte er gehen? Das vormals deutsche Ostpreußen war längst von der Roten Armee eingenommen worden. Die Menschen seiner Heimat befanden sich zu Hunderttausenden auf der Flucht. War seine Familie denn noch am Leben? Wenn ja, wohin sind sie geflüchtet? Fragen über Fragen gingen ihm durch den Kopf, auf welche zu diesem Zeitpunkt niemand eine Antwort geben konnte.

Mit gerade mal 20 Jahren entschied er sich zunächst, von Österreich zurück nach Schwäbisch Hall zu gehen, während seine beiden Freunde hofften, gesund in ihre Heimatstädte Mannheim und Erfurt zu gelangen. Aus Angst, auf dem Weg von feindlichen Soldaten gefangen genommen zu werden, versuchten sie, öffentliche Straßen zu meiden und ausschließlich über Feldwege mit Hilfe von Kompass oder Landkarte zurück über die bayerische Grenze zu kommen. Arnold Tiedemann erinnert sich im Gespräch vor allem an die Hilfsbereitschaft „lieber Menschen", die ihm auf diesem Weg begegnet sind. So kann er sich noch sehr gut an eine Frau erinnern, die ihm ihr letztes Stück Brot anbot, in der Hoffnung, dass ihrem Mann und ihren beiden Söhnen, „die irgendwo da draußen rumlaufen, auch etwas zum Essen gegeben wird." Ins Gedächtnis des Veteranen hat sich auch eingebrannt, dass sich auf seiner Flucht die „kleinen Leute" als hilfsbereiter erwiesen als jene mit „großem Misthaufen" vor dem Haus.

Auf dem langen Weg zurück peilten die drei Soldaten schließlich den Weg nach Cham in der Oberpfalz an, von wo aus sie planten, über Roding und Schwandorf weiter in die jeweiligen Zielorte zu gelangen. Als Arnold Tiedemann und seine beiden Gefährten in Traitsching, einem Dorf im Landkreis Cham ankamen, gab ihnen der damalige Schmid den Hinweis, dass es nach Roding eine Abkürzung über Schorndorf gäbe. Sie nahmen diesen Weg, der die erschöpften Männer schließlich über den Rauchenberg, zwischen den Nachbargemeinden Traitsching und Schorndorf gelegen, führte. Hier traf Arnold Tiedemann auf eine ältere Bäuerin, eine Begegnung, welche seine Zukunft maßgeblich beeinflussen sollte.

Nachdem die alte Frau die drei Heimkehrer herzlich zum Abendessen eingeladen hatte, stellte sie Arnold Tiedemann die Frage, woher er denn eigentlich komme.

„Aus Ostpreußen", antwortete er.

„Mei Bua, dann gehst du ja ganz verkehrt!", wunderte sich die Landwirtin.

„Das weiß ich schon. Aber ich kann ja nicht mehr nach Hause", versuchte Arnold Tiedemann der guten Frau seine Situation zu erklären.

Mitfühlend und beherzt machte sie ihm spontan den Vorschlag, doch bei ihr auf dem Hof zu bleiben und in der Landwirtschaft mitzuhelfen. Angesichts dieses Angebots war er zunächst irritiert. „Ich habe damals ja nicht mal gewusst, was eine Kuh oder ein Ochse ist. Ich kam ja aus der Stadt!"

Trotz seiner inneren Zerrissenheit entschied er sich für ein Dach über dem Kopf sowie eine feste Arbeitsstelle, um seinen Lebensunterhalt verdienen zu können. Wenngleich auch für ungewisse Zeit.

Sichtlich stolz berichtet Arnold Tiedemann im Interview davon, wie er sich bereits im ersten Jahr sämtliche landwirtschaftlichen Tätigkeiten selbst beigebracht hat. „Meine Hände haben anfangs geblutet. Ich war diese harte Arbeit ja nicht gewohnt." Doch dank seines unermüdlichen Einsatzes und Eifers fand er sehr bald Gefallen am Landleben und an der harten Arbeit und begann im Bayerischen Wald ein neues Leben. Abermals war Arnold Tiedemann das Glück hold.

Eine berechtigte Frage ließ ihm aber bis dahin keine Ruhe: „Was ist wohl mit meiner Familie nach dem Krieg passiert?" Immer wieder machte er sich sorgenvoll Gedanken über deren Verbleib. Nachdem er zuvor über die „Hofer Post" eine Suchmeldung inseriert hatte, erfuhr er ein gutes Jahr später vom zuständigen Sekretariat, dass seine Eltern und, bis auf den bereits gefallenen Bruder, auch noch alle seine Geschwister am Leben waren.

Unbeschreiblich groß war die Freude, als er 1948, nach sechs langen Jahren der Trennung seine Eltern wieder in die Arme schließen konnte. Sie waren nach Dänemark geflüchtet, hatten sich aber drei Jahre später in der Nähe von Osnabrück niedergelassen.

Nachdem er über 17 Jahre in seiner „zweiten Heimat", dem Rauchenberg, gearbeitet hatte, entschied er sich am 25. April

1962, in Sattelpeilnstein, einem Ort im Landkreis Cham eine Schneiderei zu eröffnen, in welcher er bis kurz vor seinem 90. Geburtstag noch selbst für treue Kunden fleißig Kleidungsstücke nähte.

In den 1970ern bestimmte Arnold Tiedemann als Gemeinderat und zeitweise als 3. Bürgermeister die Geschicke der Gemeinde Traitsching entscheidend mit. Zudem ergriff er im Jahre 1970 die Initiative für die Gründung des TSV Sattelpeilnstein.

Im Sommer des Jahres 2004 kehrte der Zeitzeuge nach 62 Jahren noch einmal in seine „erste Heimat" Königsberg zurück. Ein sehr emotionaler Moment, bei dem er auch feststellte, dass sein Elternhaus noch erhalten war.

Zusammen mit seiner Frau Ingrid, seinen vier Söhnen und Enkeln feierte Arnold Tiedemann im Dezember 2014 seinen 90. Geburtstag.

Vielleicht auch mit etwas Glück, doch vor allem mit seiner unerschöpflichen Willenskraft und seiner beständigen Hoffnung hatte er es geschafft, nach dem Krieg völlig mittellos in seiner neuen Heimat ein neues Leben zu beginnen.

Arnold Tiedemann wusste, dass der Rauchenberg in seinem Leben eine entscheidende Rolle spielte. Er bekam auch immer funkelnde Augen, wenn er davon sprach. Daher hat er die persönliche Bedeutung des Ortes für ihn mit einem Gedicht gewürdigt und verewigt:

1 Durch den Krieg den wir verloren,
traf sehr Viele schweres Los,
keine Eltern, keine Heimat,
nur das Leben blieb uns bloß.
2 Trübe Tage, stumpfes Sinnen,
alles schien uns öd und leer.
Sag, was sollten wir beginnen
wir die unerfahrnen Knaben
aus dem stolzen deutschen Heer.
3 Doch der Kopf der blieb nicht hängen,
hurtig schritt ich immer aus

und so kam ich nach 8 tagen,
auf den Rauchenberg herauf.
4 Hier begann des Lebenswende,
was ich nie erträumt gehabt
mussten nun vollbringen meine
Hände
und vollbracht wurd sind er Tat.
Nur die Sehnsucht nach der Heimat
nagte in mir mehr und mehr,
doch das Schicksal das war -
gnädig,
gab mir Heimat und noch vieles
mehr.

6 Deine Liebe, deine Güte,
alles was du für mich tatst,
hat mich wohl bedacht the:
hütet
vor dem Abgrund vor der Nacht.
7 Du bist nun meine Heimat,
du bist mein Glück für immerdar
wenn auch oft ich war so anders
glaub mir es ist wirklich war.
8 In den stillen Tagesstunden,
da du oft nicht bist bei mir,
denk ich oft noch an die frohen
Stunden.

Rauchenberg - Gedicht von Arnold Tiedemann

Die Soldaten hatten sich an der Front
erbitterte Gefechte geliefert.

Ein Menschenleben war nichts wert.

Fotos: Franz Xaver Mayer

Franz Xaver Mayer 2014
(* 29.3.1921   † 14.3.2021)

Ein Menschenleben war nichts wert

Flugzeugabstürze, ausgebrannte Panzer und gefallene, tote Soldaten in Straßengräben. Die Fotos von Franz Xaver Mayer aus Chamerau, einer Gemeinde im Oberpfälzer Landkreis Cham, dokumentieren die finstere Realität des Zweiten Weltkriegs auf besonders bestürzende Art und Weise

Er kümmerte sich während des Russlandfeldzugs in seinem Artillerie-Regiment als Nachrichtenübermittler um Funk und Telefon. In dieser Position verfügte er als einer von wenigen Soldaten über eine Kamera, mit der er den vernichtenden Vormarsch der Wehrmacht auf erschütternden Bildern festhielt. Sein Foto-Tagebuch zeigt aber nicht nur die Gräuel des Krieges, sondern gewährt mit vielen Aufnahmen auch einen Einblick in das triste Soldatenleben abseits der Schlachtfelder.

Als im Juni 1940 die Wehrmacht Frankreich überfiel, leistete der gebürtige Wölstinger gerade seinen Reichsarbeitsdienst ab. Zur Unterstützung des deutschen Heeres wurde er nach Chartres 90 Kilometer südwestlich von Paris versetzt, wo er bei der Errichtung eines Scheinflugplatzes, der die gegnerische Luftaufklärung täuschen sollte, eingesetzt wurde.

Wenige Tage nach der Rückkehr in die Heimat erhielt der damals 19-Jährige dann auch schon die Einberufung zur Reichswehr. Einer sechswöchigen Ausbildung in Amberg schlossen sich Stationen in Pilsen, Würzburg und Belgien an, wo er in einem Marschbataillon auf die Verstärkung im Feld befindlicher Truppenteile vorbereitet wurde.

Am 22. Juni 1941 startete das nationalsozialistische Regime das „Unternehmen Barbarossa", den Krieg gegen die Sowjetunion. Franz Xaver Mayer wurde im Zuge des Angriffs dem Artillerie-Regiment 175 unterstellt und an die Ostfront verlegt.

Als er bei den kämpfenden Verbänden eintraf, hatte die Wehrmacht bereits Kiew in Schutt und Asche gelegt. Nach der Überquerung des Flusses Dnjepr drang das deutsche Heer Dorf um Dorf in Richtung Charkow vor.

Während an vorderster Front heftige Kämpfe mit den Sowjets tobten, stellte Franz Xaver Mayer im Hinterland mit seinen Kameraden die Kommunikation zwischen den einzelnen Truppenteilen sicher. „Wir hatten immer einen sicheren Abstand zum Feind und blieben dadurch von dem eigentlichen Gemetzel verschont", erklärt er im Interview. Noch aus großer Entfernung war das Donnern der schweren Geschütze zu hören und häufig bot sich ihm beim Nachrücken auf erobertes Terrain ein Bild des Grauens. Dutzende, teilweise bis zur Unkenntlichkeit verstümmelte Leichen, zertrümmertes Kriegsgerät, leblose Pferdekadaver und qualmende Ruinen ließen ihn lediglich erahnen, welch schlimme Szenen sich in den Stunden zuvor an den Kampfplätzen abgespielt haben mussten.

„Ein Menschenleben war im Krieg nichts wert. In den zerschossenen Dörfern war den Einheimischen die Angst vor den deutschen Besatzern förmlich ins Gesicht geschrieben", schildert Franz Xaver Mayer seine Erinnerungen. Auf Grund der hohen militärischen Überlegenheit verzeichneten die Deutschen zunächst große Gebietsgewinne. Einzig der Einbruch des Winters zwang die Wehrmacht zu einer Unterbrechung der Invasion. Seine Einheit war zu diesem Zeitpunkt bereits bis zum ostukrainischen Fluss Don vorgestoßen, wo sie in einem kleinen Dorf Quartier bezog.

„Es war fürchterlich kalt. Temperaturen von 40 Grad unter Null waren keine Seltenheit. Darauf waren wir nicht vorbereitet", erinnert sich der Zeitzeuge.

Sie saßen in ihren Lagerhütten fest. Die Rote Armee attackierte sie immer wieder mit Kampfflugzeugen. „Wir hörten, aus welcher Richtung sie kamen und verschanzten uns dann hinter den Häusermauern. Sie schossen die Strohdächer unserer Unterkünfte in Brand. Mehr richteten sie aber nicht aus."

Eine erheblich größere Gefahr stellten dagegen die Partisanen dar, die sich immer wieder an die Stellungen heranschlichen und die Landser unter Beschuss nahmen. Franz Xaver Mayer weiß im Gespräch noch genau, wie an ihm während einer Wache eine Kugel vorbeigezischt ist. Sehr zu seinem Leidwesen setzten die Aufständischen besonders den „Nachrichtlern" zu, indem sie heimtückisch die Telefonleitungen kappten und ihnen dann bei der Reparatur auflauerten. „Da hat es schon einige von uns erwischt. Man musste bei solch einem Einsatz immer höllisch aufpassen."

Aller Propaganda zum Trotz begann er angesichts der weitläufigen Ostfront und der Hartnäckigkeit der Partisanen langsam an einem Sieg zu zweifeln. „Ich konnte mir nicht vorstellen, dass wir dieses große Land einnehmen würden. Aber Denken war in der Armee nicht erlaubt. Ich möchte nicht wissen, was unsere Vorgesetzten sonst mit uns angestellt hätten", sagt er rückblickend.

Im Frühjahr 1942 setzte die Wehrmacht den Eroberungsfeldzug unbeirrt fort. Der feindliche Widerstand hatte deutlich zugenommen und bei Korotojak am Don wäre Franz Xaver Mayer am 17. Juni 1942 beinahe selbst ein Opfer des Krieges geworden. Nach einem vorhergegangenen heftigen Gefecht mit den Sowjets verkabelte er am frühen Morgen gemeinsam mit einem jungen Burschen, der erst vor ein paar Tagen zur Kompanie hinzugestoßen war, das eroberte Gebiet am Flussufer. Kein Feind war zu sehen und die Pioniere hatten bereits eine Brücke über den Fluss gebaut. Doch die Ruhe war trügerisch, denn in einem Dorf auf der anderen Seite des Stromes hatten die Russen mit ihren gefürchteten Stalinorgeln bereits Stellung bezogen. Als sie die Raketen zündeten, sah der junge Soldat noch die aufsteigenden Rauchwolken.

„Geh in Deckung", rief er seinem Kameraden noch zu.

Schon schlug es bei ihnen ein. Franz Xaver Mayer konnte sich mit einem weiten Hechtsprung zur Seite gerade noch retten. Sein Helfer war dagegen zu langsam, ihn erwischte es. Franz Xaver Mayer überlebte den Angriff schwer verletzt mit Splittern im Bein. Es war ein Wunder, dass es ihn an diesem Tag nicht schlimmer getroffen hatte. Zwei Soldaten legten ihn über Gewehrkolben und trugen ihn aus der Gefahrenzone. In einem Feldlazarett holten Ärzte die Metallteile aus seinem rechten Oberschenkel. „Sie hatten nicht sehr sorgfältig gearbeitet, denn viele Jahre später wurden in meiner Hüfte noch immer Metallstücke entdeckt", lacht er, als er von seiner Verwundung berichtet.

Mit einem Gefühl des Schauders denkt er an die provisorische Krankenstation zurück. „Viele lagen schwer verwundet in ihren Betten und brüllten unaufhörlich vor Schmerzen. Das war kaum auszuhalten. Ich war sehr bestürzt. Das alles ging einem sehr nahe. Im Zelt wurde deswegen sehr laute Musik gespielt, um die Schreie der Verwundeten zu übertönen."

Mit einer Junker Ju 52 wurde Franz Xaver Mayer nach Charkow geflogen. Von dort aus ging es im Zug weiter nach Wien, wo er sich mehrere Monate vom aufreibenden Soldatenleben erholen konnte.

Zu Beginn des Winters 1942/1943 trat er in Woronesch, einer Stadt im südlichen Zentralrussland rund 500 bis 600 km südlich von Moskau, bei der 6. Armee wieder den Dienst an. Seine Batterie übernahm in der russischen Eiswüste die Sicherung des wichtigen Brückenkopfes vor Stalingrad. Die Verbindung zu den eingekesselten Soldaten war bereits abgerissen und die Lage wurde immer bedrohlicher. Die sowjetische Armee nutzte alle Mittel, um die Soldaten zu demoralisieren. „Kameraden der 6. Armee ergebt euch", schallte es permanent aus Lautsprechern von den russischen Linien zu ihnen herüber. „Wir wussten zu diesem Zeitpunkt, dass wir keine Chance mehr hatten. Wir spielten nur noch auf Zeit", berichtet Franz Xaver Mayer.

Am 31. Januar 1943 kapitulierte schließlich die 6. Armee. Der Krieg war verloren. Nach dieser Nachricht trat seine Einheit sofort den Rückzug an. Nach der Taktik der „verbrannten Erde" zerstörten sie auf ihrem Weg alles, was dem Gegner in irgendeiner Weise hätte nützen können. Häuser wurden abgebrannt, Gebäude und Brücken gesprengt.

Das Schlimmste aber war die Kälte, die auch Franz Xaver Mayer sehr zu schaffen machte. Als er nach einer langen Nacht auf einer Pferdekutsche die Stadt Kursk unweit der Grenze zur Ukraine erreichte, bemerkte er, dass er seine Beine nicht mehr bewegen konnte. „Sie waren völlig eingefroren. Ich hatte Angst sie zu verlieren", erinnert er sich. Im Lazarettzug wurde er nach Lemberg, einer Stadt in der westlichen Ukraine, transportiert, wo ihm die Ärzte eine abgefrorene Zehe amputierten.

Als „Entschädigung" für seinen Einsatz durfte er sich in Linz, der Landeshauptstadt von Oberösterreich, auskurieren. Die Freude darüber hielt sich jedoch in Grenzen. Sie war begleitet von der ständigen Angst wieder an die Front geschickt zu werden. Sein sehnlichster Wunsch war, dieses Höllenfeuer nicht noch einmal durchleben zu müssen. Die Chancen dafür standen zunächst nicht schlecht, denn er wurde von der Wehrmacht für Russland als „untauglich" eingestuft und nach Südfrankreich zur Festungsartillerie versetzt. „Das war eine ganz andere Welt. Die Temperaturen waren angenehm, wir tranken Wein und aßen uns an den Trauben satt."

An Ostern 1944 wurde er aus dem Militärdienst entlassen, aber bereits im Dezember desselben Jahres wieder reaktiviert. Franz Xaver Mayer erlebte im Januar 1945 bei der Panzerdivision die schweren Luftangriffe auf Nürnberg. „Die Stadt wurde mit den Brandbomben vollkommen zerstört. Alles stand in Flammen", sagt der Veteran. Bei den Rettungs- und Löscharbeiten erlitt er schwere Verbrennungen am Hals, als er beim Ausräumen eines Schuhgeschäfts half. „Die Arbeit war völlig für die Katz`. Alles, was wir auf die Straßen geschafft hatten, verbrannte dann eben dort." Es grenzte an ein Wunder, dass die schlimmen Verletzungen in einem Münchner Krankhaus ohne größere Narben verheilten.

In den letzten Wochen des Kriegs war Franz Xaver Mayer als Obergefreiter noch in Dänemark stationiert. Über Funk verfolgte er dort den unaufhaltsamen Vormarsch der Alliierten ins Deutsche Reich.

Nach der bedingungslosen Kapitulation am 8. Mai 1945 traten sie zu Fuß den Heimweg an. Aber weit kamen sie nicht, denn die Engländer umzingelten sie und nahmen sie in Gewahrsam. Die Briten steckten sie in ein Internierungslager in Schleswig-Holstein. Insgesamt neun Wochen musste Franz Xaver Mayer in der Meldorfer Bucht noch ausharren, bis er im August 1945 schließlich seine Entlassungspapiere erhielt.

Trotz der fünfjährigen Abwesenheit von Zuhause schlug er in seiner alten Heimat schnell wieder neue Wurzeln. Im Jahr 1953 heiratete er seine Rosa. Das Paar bekam die Kinder Franz und Lydia. Viele Jahre arbeitete Franz Xaver Mayer als Baggerfahrer bei der Firma Schönberger, später war er noch in der Firma AZ-Formenbau tätig.

„Der Krieg hat nur Tod und Zerstörung gebracht. Der Krieg war ein großer Fehler", dessen ist sich Franz Xaver Mayer sehr bewusst, der die Angriffe nicht nur am eigenen Leib erlebt, sondern darüber hinaus auch noch einen Bruder im Feld verloren hat. Trotz all dieser entsetzlichen Erlebnisse hat sich für ihn dennoch vieles zum Guten gewendet. „Ich bin glücklich mit meinem Leben, so wie es verlaufen ist", sagt er im Brustton der Überzeugung.

Zu seinem 90. Geburtstag überraschten ihn seine Kinder sogar mit einem Rundflug in einer Junker Ju 52. Erstmals nach über 70 Jahren bestieg er wieder dieses Flugzeug. „Ich wollte noch einmal damit fliegen, denn diese Maschine hat für mich seit dem Krieg eine ganz besondere Bedeutung", erklärt Franz Xaver Mayer am Ende seiner Ausführungen. „Trotz meiner 92 Jahre konnte ich das Flugzeug diesmal allein ohne fremde Hilfe betreten. Damals im Zweiten Weltkrieg mussten mich die Sanitäter mit vereinten Kräften auf einer Bahre hineinhieven."

Georg Janker 1941
(* 9.3.1922 † 3.10.2018)

Sie haben nicht nachgegeben

Georg Janker überstand im Zweiten Weltkrieg den „Kessel von Cholm", eine Schlacht im Bereich der Heeresgruppe Nord an der deutsch-sowjetischen Front. Nach dem Ende dieser erbitterten Kämpfe um Cholm wurde dieser Einsatz in der NS-Propaganda als Heldenkampf deutscher Soldaten hervorgehoben. Als Held dieser Schlacht aber wollte Georg Janker selbst nie eingestuft werden.

„Einen Krieg brauchen wir nicht mehr!" Da ist sich Georg Janker sicher. Als der Kriegsveteran aus Sitzenberg bei Sattelpeilnstein von seinen Kriegserlebnissen erzählt, weiß er nur zu gut, wovon er spricht. Sein Leben lang ließen ihn die Erinnerungen an die schreckliche Zeit in der Wendephase des Zweiten Weltkriegs nicht los.

Ausgehend vom Nordosten Frankreichs führte den jungen Soldaten das Schicksal innerhalb kurzer Zeit an die deutsch-sowjetische Front, wo der Zeitzeuge nur durch sehr glückliche Umstände dem Tod entrinnen konnte.

19 Jahre war er gerade mal alt, als der gelernte Landwirt Georg Janker im Herbst des Jahres 1941 seine Einberufung zum Kriegsdienst erhielt. Erst dachte und hoffte der Sitzenberger, seine militärische Verpflichtung lediglich im heimatnahen Straubing wahrnehmen zu müssen. Aber es sollte ganz anders kommen.

Von Niederbayern aus wurde er mit weiteren Kameraden über Nacht ins französische Reims versetzt, um dort in nur wenigen Wochen beim Luftwaffenregiment seine Grundausbildung zu absolvieren. Nach einem weiteren dreimonatigen Aufenthalt beim Luftwaffenstützpunkt in Köln wurde der junge Soldat im April 1942 an die Ostfront direkt nach Cholm verlegt.

Die als wichtiger Verkehrsknotenpunkt geltende Stadt in der Oblast Nowgorod war seit August 1941 von Verbänden der Wehrmacht besetzt. Doch zwischenzeitlich war Cholm samt den dort stationierten Soldaten von der Roten Armee eingekesselt worden. Zudem hatte sich in der Umgebung eine Brigade sowjetischer Partisanen gegründet, die in hohem Maße gegen die Deutschen vorging. Einzig durch eine Luftbrücke wurde versucht, die Stadt und die etwa 3.500 Mann starke Besatzung zumindest mit dem Nötigsten zu versorgen.

„Äußerst harte Gefechte haben wir uns mit den Sowjets geliefert", erinnert sich der Zeitzeuge. Denn trotz waffentechnischer Unterlegenheit versuchte die Rote Armee mit ständigem Artilleriebeschuss bedingungslos ihre besetzte Stadt zurückzugewinnen. „Die haben einfach nicht aufgegeben. Aber wir auch nicht."

Trotz dieser verheerenden Umstände konnte die deutsche Besatzung durch einen Entsatzangriff der Luftwaffe im Mai 1942 befreit werden. In den Monaten zuvor wurde die deutsche Öffentlichkeit bewusst nicht über diese Auseinandersetzung informiert. Zu unsicher war man sich offensichtlich mit Blick auf einen erfolgreichen Ausgang der Kampfhandlungen. Außerdem sollte die Heimat ohnehin stets im Glauben von der Überlegenheit der Wehrmacht gelassen werden. Dennoch wusste die NS-Propaganda in der Folge, die als „Kessel von Cholm" in die Geschichte eingehende Verteidigung der Stadt als Beispiel für den „Heldenkampf deutscher Soldaten" zu instrumentalisieren. Als „Held" wollte sich Georg Janker jedenfalls nicht bezeichnet wissen. „Wir hatten doch keine andere Wahl!"

Etwas schmunzeln muss der Zeitzeuge aber, als er im Interview noch hinzufügt, dass russische Radiosprecher mit Durchsagen, wie „Einhunderttausend schöne Mädchen warten auf euch!" immer wieder versuchten, die deutschen Soldaten vor Ort zum Überlaufen zu bewegen. „Einige haben das tatsächlich gemacht. Aber ich habe ja nicht gewusst, was die Russen dann mit mir anstellen. Außerdem hätte ich dann gegen meine deutschen Kameraden kämpfen müssen."

Der Krieg war nach Cholm noch lange nicht vorbei. Auch für Georg Janker ging der Dienst an der Ostfront weiter. So wurde er im Anschluss an die „Operation Cholm" nach Staraja Russa, einer der ältesten Städte im Nordwesten Russlands verlegt. Die Kleinstadt war seit August 1941 ebenfalls von der Wehrmacht besetzt und bildete die Hauptkampflinie des berüchtigten „Kessels von Demjansk". In der Hölle des Kessels von Demjansk waren von Februar bis April 1942 100.000 deutsche Soldaten eingeschlossen. Neben unzureichender Versorgung waren hier in den Wintermonaten eisige Temperaturen von über minus 30 Grad ein weiterer Missstand, mit welchem Georg Janker und seine Kameraden umzugehen lernen mussten. Rückblickend bedauert der Kriegsveteran, dass aufgrund des gefrorenen Bodens nur wenige seiner gefallenen Kameraden überhaupt bestattet werden konnten. Auch war es unmöglich, die für die vorderseitige und rückwärtige Deckung so wichtigen Schützengräben auszuheben. Ein gewaltiger strategischer Nachteil! Doch dank massiver Versorgung aus der Luft konnte auch dieser Kessel von den deutschen Truppen noch lange gehalten werden. Erst im März 1943 zogen dort die letzten deutschen Truppen ab.

Trotz des vermeintlich militärischen Erfolgs blieben vielmehr die schrecklichen Bilder von verwundeten, erfrorenen und gefallenen Kameraden in seinem Gedächtnis haften.

„An den Artillerie-Ständen bist du einfach über die Toten gestiegen, als wenn es nichts wäre", schildert er die emotionale Abstumpfung während der vielen Materialschlachten.

Und je länger der Krieg dauerte, desto hoffnungsloser wurde auch die Situation für den Soldaten. „Ich habe mir gedacht, wenn ich umkommen würde, dann hätte ich es wenigstens überstanden. Und so aber habe ich noch alles vor mir."

Georg Janker kann sich auch noch gut an jenen Tag erinnern, an dem ihn auf dem Feld die Nachricht vom Tod seines älteren Bruders erreichte. Doch der Krieg kennt kein Innehalten. „Du weißt gar nicht mehr, was du da eigentlich machst. Du kommst einfach nicht mehr zum Nachdenken."

Zum Nachdenken brachte den Zeitzeugen jedoch ein anderer Vorfall. Im Jahre 1943 wurde sein Unterstand gänzlich von einer sowjetischen Granate getroffen. Sechs seiner Kameraden starben. Mit einem Schlag. Nur weil er sich zu diesem Zeitpunkt als Einziger im Graben befand, hat er dieses schreckliche Ereignis überlebt. „Da habe ich einfach nur großes Glück gehabt!" Doch sollte Georg Janker im Krieg nicht unverwundet bleiben.

Ebenfalls im Jahre 1943 traf ihn ein Granatensplitter an der rechten Schulter. Und während eines Gefechts wurde er am linken Arm schwer verletzt. Ein weiteres Mal konnte er am 6. Oktober 1944 dem sicher geglaubten Tod entgehen. An diesem Tag erlitt er bei Riga eine folgenschwere Verletzung, als die Kugel eines Infanteriegeschosses in seine Lunge eindrang. „Die Kugel haben sie bis heute nicht herausoperieren können. Aber irgendwie habe ich es überlebt", schildert der Kriegsveteran abermals sein unglaubliches Glück.

Nachdem ihn fünf Kameraden in Sicherheit gebracht hatten, wurde er mit schlimmsten Erfrierungen an Händen und Füßen in ein Lazarett im lettischen Riga verfrachtet, von wo aus er nach drei Wochen mit dem Schiff ins sächsische Zittau gebracht wurde. Nach fünf Monaten, in denen Georg Janker nur unter Schmerzen atmen konnte, durfte er im März 1945 seinen Genesungsurlaub nach Hause antreten. Ein Monat später war der Krieg vorbei.

„Ich denke immer wieder an diese schlimme Zeit zurück und träume auch noch oft nachts davon", berichtet der Zeitzeuge sichtlich bewegt. Wie bei so vielen Soldaten haben die schrecklichen Kriegserlebnisse auch bei ihm tiefe Spuren hinterlassen. „Aber überstanden haben wir es!", meint er abschließend überzeugt. Trotz der grausamen Erlebnisse im Krieg hat Georg Janker seine positive Lebenseinstellung nicht verloren.

Georg Janker 2015

Die Kämpfe waren meist nur von kurzer Dauer.

Nach der Schlacht war vor der Schlacht.

Foto: Franz Xaver Mayer

Hans Berzl 2015

(* 14.3.1926   † 15.3.2018)

Glücklich ist, wer vergisst

Hans Berzl aus Thenried im Landkreis Cham entkam im Krieg nur knapp dem Tod. In sowjetischer Gefangenschaft war er bis auf die Knochen abgemagert.

„Glücklich ist, wer vergisst, was doch nicht zu ändern ist." Dieses Operettenlied aus Johann Strauß' „Fledermaus" begleitete ihn sein Leben lang. Wenn Hans Berzl an den Zweiten Weltkrieg zurückdenkt, so sind seine Erinnerungen an diese Zeit mit großem Kummer und Schmerz verbunden. Als Soldat an der Ostfront erlebte er Furchtbares und als Kriegsgefangener ging er durch die Hölle auf Erden. Dennoch hat es der zum Zeitpunkt des Interviews 88-jährige Thenrieder mit bemerkenswertem Lebensmut geschafft, sich mit den tragischen Erlebnissen zu arrangieren.

Obwohl Hans Berzl gerade erst eine Lehre zum Schmied begonnen hatte, musste der damals 17-Jährige im Herbst 1943 zur Vorbereitung auf den Kriegsdienst ins Wehrertüchtigungslager Eschenbach in der Oberpfalz einrücken. Die deutsche Kriegsmaschinerie lief längst auf Hochtouren und daher ging es auch für ihn Schlag auf Schlag.

Nach den ständigen Schießübungen und unzähligen rasanten Märschen in der paramilitärischen Einrichtung erhielt er im Frühjahr 1944 bereits den Stellungsbefehl für die Reichswehr. Als er in einer Kaserne in der Nähe von Pilsen seinen Dienst antrat, trug er im Hinblick auf die bevorstehenden Einsätze schon große Bedenken in sich. „Meine beiden Brüder waren bereits an der Front und ich hatte viel Schlimmes von ihnen gehört. Aber man hatte ja gar keine andere Wahl. Niemand wurde verschont", erinnert sich der Zeitzeuge.

Innerhalb von drei Monaten wurde er unter dem harten und intensiven Drill seiner Vorgesetzen als Infanterist für die Gefechte tauglich gemacht. Die volle Wucht des Kriegs bekam er erstmals an der ungarisch-rumänischen Grenze zu spüren. Die sowjetische Gegenoffensive war bereits in vollem Gange. Der feindliche Truppenaufmarsch setzte den Deutschen schwer zu und so musste sich die überforderte Wehrmacht immer weiter von den besetzten Gebieten zurückziehen.

Hans Berzl wurde in seinem Artillerie-Regiment der Nachrichtenstaffel unterstellt und agierte deswegen die meiste Zeit hinter der Hauptkampflinie. Seine Aufgabe war es, mit seinen Kameraden die Kommunikation zwischen den einzelnen Batterien sicherzustellen. „Wir mussten uns besonders von den schweren Artilleriegeschossen und den heimtückischen Fliegerangriffen der Sowjets in Acht nehmen", weiß er zu berichten.

Noch deutlich hat er die entsetzlichen Bilder im Kopf, als seine Truppe auf einem Gutshof während einer Ruhepause ins Visier eines russischen Bombers geriet. Der junge Soldat konnte gerade noch rechtzeitig vor einem abgeworfenen Sprengsatz in Deckung gehen, aber sein Kamerad, der in diesem Augenblick Kartoffeln schälte, hatte nicht den Hauch einer Chance.

Besonders tief haben sich die Ereignisse des 6. Dezember 1944 ins Gedächtnis des Thenrieders eingebrannt. Hals über Kopf hatte seine Einheit an diesem Tag nach einem heftigen Granatenbeschuss den Rückzug angetreten. Hans Berzl bekam von seinem Offizier den Himmelfahrtsbefehl zur schleunigen Umkehr, um den von der Mannschaft zurückgelassenen Artillerievermessungstrupp-Wagen zu bergen. Die Sowjets waren bereits auf dem Vormarsch und ihn beschlich bei diesem Auftrag von Anfang an ein sehr ungutes Gefühl. „Es war ein Himmelfahrtskommando." Obwohl noch kein Feind zu sehen war, näherte er sich vorsichtig mit zwei Rössern dem Fuhrwerk.

Plötzlich ging direkt vor ihm in der Wiese eine heftige Maschinengewehrsalve nieder. Dann war das Feuer aber auch schon wieder verstummt. Ein weiterer Angriff blieb aus. Hans Berzl überlebte wie durch ein Wunder ohne eine Verletzung diese Schüsse und konnte den AVT-Wagen letztendlich doch noch unbeschadet zur Kolonne zurückbringen. „Ich weiß nicht, wer da auf mich geballert hat, aber ich hatte großes Glück", meint er rückblickend dazu.

Solche Erlebnisse und die siegreiche Landgewinnung des Gegners machten dem jungen Soldaten die Ohnmacht der Deutschen Wehrmacht immer deutlicher bewusst. Desertieren aber stand für Hans Berzl trotz der zunehmenden Verunsicherung in der demoralisierten Truppe außer Frage. „Wir kamen der Heimat ohnehin täglich ein Stückchen näher. Außerdem hatte ich vor den eigenen Leuten mehr Angst als vor den Russen. Wer desertierte, wurde erschossen."

Sein General war wegen dessen Fanatismus im vermeintlichen Glauben an den Endsieg gefürchtet. „Er war zum Durchhalten entschlossen und hätte alle Ausreißer rigoros erschießen lassen", davon ist der Kriegsteilnehmer überzeugt. Trotz aller Durchhalteparolen wichen sie immer weiter vor der sowjetischen Übermacht zurück. Als sie am 8. Mai 1945 die Nachricht von der bedingungslosen Kapitulation erreichte, standen sie schon kurz vor dem tschechischen Brünn. Ab sofort war jeder auf sich allein gestellt. Obwohl alle von den langen Märschen erschöpft, ja geradezu ausgezehrt waren, wollte sich jeder aus Furcht vor der Roten Armee schnellstmöglich hinter die amerikanischen Linien retten. Panisch zerstörten sie die letzten Waffen.

Mit einem Kumpan ergatterte Hans Berzl schließlich einen Pferdetransporter, mit dem sie Richtung Westen fuhren. Weit kamen sie jedoch nicht, denn die Straßen waren von Flüchtling-strecks völlig verstopft. Kurzerhand fassten sie den Entschluss, den Wagen in einem Waldstück abzustellen, um die Flucht auf den Rössern fortzusetzen. Querfeldein ritten sie über Felder und Wiesen, ohne ein genaues Ziel vor Augen zu haben. „Die Russen waren schon überall. Wir wussten nicht, wo wir hinge-hen sollten", erinnert sich der Zeitzeuge.

Nach einer rastlosen Nacht auf ihren Pferden sahen sie von einer Anhöhe aus eine schier endlos lange Karawane aus deut-scher Soldaten, die sich von ihnen wegbewegte. Hans Berzl blieb auf dem Hügel bei den Pferden, während sich sein Beglei-ter bei der Kolonne über deren Ziel erkundigte. Völlig ermattet schlief der Thenrieder auf dem Rücken seines Gauls ein. Erst als er einen kräftigen Ruck unter sich spürte, kam er wieder zu sich. Ein Plünderer hatte seine Satteldecke rausgerissen und war damit weggerannt.

Da die Deutschen bereits außer Sichtweite waren und sein Kamerad nicht mehr zurückgekehrt war, sah Hans Berzl in sei-ner Aussichtslosigkeit keine andere Wahl mehr, als sich den Sowjets zu stellen. Er trabte in das nächste Dorf, wo die Russen schon ausgiebig ihren Sieg über das deutsche Heer feierten. „Es herrschte eine ausgelassene Stimmung. Die betrunkenen Solda-ten torkelten grölend durch die Gassen und warfen leere Fla-schen gegen die Hauswände. Vorerst interessierte sich niemand für mich", schildert er die sich in seiner Erinnerung abspielen-den Szenen.

In Tagesmärschen von 15 bis 20 Kilometern wurde er mit vielen weiteren Leidensgenossen nach Brünn in ein provisori-sches Auffanglager getrieben. Dort mussten sie zwei Wochen unter katastrophalen Bedingungen und ohne Verpflegung aus-harren. „Ab diesem Zeitpunkt war der Hunger mein ständiger Begleiter", seufzt der 88-Jährige. Die Situation verbesserte sich auch in Österreich kaum, wo er sechs weitere Wochen in einer Feldbäckerei unter entwürdigenden Umständen als Hilfskraft eingesetzt wurde. „Wir wurden streng bewacht, wer auch nur ein Stück Brot stibitzte, wurde sofort hart bestraft." Schläge waren das Mindeste.

Nach dieser Station begann aber erst die eigentliche Odyssee. In Viehwaggons wurde seine Gruppe in das rumänische Constanta, eine Hafenstadt am Schwarzen Meer, transportiert. Von dort aus brachte sie ein Schiff in das auf der Halbinsel Krim gelegene Sewastopol. „Die Reise zermürbte uns. Bei der Ankunft im Lager waren wir völlig entkräftet, einfach kaputt", erzählt Hans Berzl. Trotzdem wurden alle von der Lagerleitung zu Schwerstarbeit auf dem Bau verurteilt. Täglich erhielten sie lediglich eine Mindestration an Brot und nur ein paar Löffel Wassersuppe. „Der Hunger war das Schlimmste. Ich habe mir nichts sehnlicher gewünscht als ein Stück Brot."

Viele waren durch die unzureichende Verpflegung dermaßen geschwächt, dass sie bedingt durch die Dauerbelastungen starben. Auch Hans Berzl war im Laufe der Monate bis auf die Knochen abgemagert. Völlig entkräftet knickte er deswegen eines Tages bei der Arbeit mit dem Fuß um. Die Ärzte hatten beim Anblick der starken Schwellung schließlich ein Einsehen und schickten ihn in ein „Ohne-Kraft-Sanatorium". Dort kam er innerhalb von sechs Wochen wieder ein wenig zu Kräften. „Die Bedingungen waren dort kaum besser, aber die Arbeit war weniger." Trotzdem musste er im Anschluss daran noch bis zum Herbst des Jahres 1947 in dem gefürchteten Lager 17 weiterschuften.

Nach der Auflösung des Camps wurde Hans Berzl nach Donezk verlegt, eine Stadt in der östlichen Ukraine, das Zentrum des Kohlereviers Donbass. Dort musste er dann in einem unterirdischen Kohleschacht bis zur völligen Erschöpfung rackern. „Ich dachte, das ist die Hölle. Von da unten komme ich bestimmt nicht mehr raus", erinnert sich der Veteran. Die Versorgungslage war weiterhin mehr als desolat. Die Arbeiter wurden immer mehr ausgehungert. Nur wer seine Norm erfüllte, bekam etwas Suppe und Brot. Bis zu diesem Zeitpunkt galt er in der Heimat noch immer als verschollen.

Mit einem Schreiben, das nur 25 Wörter umfassen durfte, konnte er erstmals ein Lebenszeichen von sich nach Hause schicken. Bis zu seiner Entlassung im Frühjahr 1948 wurde er von den Bewachern ohne Unterlass bis zur völligen Entkräftung schikaniert und ausgebeutet. „Noch ein paar Tage länger, und ich hätte wahrscheinlich die Heimfahrt nicht mehr überstanden."

Alle Heimkehrer wurden schließlich zu einem Sammeltransport zusammengestellt, der sie unter Kontrolle der Russen bis nach Frankfurt an der Oder brachte. Im Zug ging es auch weiter nach Hof, wo sie noch von den Amerikanern übernommen wurden. Mitte April 1948 betrat Hans Berzl schließlich am Bahnhof von Arnschwang erstmals wieder den Boden seiner Heimat. Die restliche Strecke nach Thenried legte er zu Fuß zurück.

Als Hans Berzl spindeldürr die Stube seines Elternhauses betrat, erkannten ihn seine Eltern zunächst gar nicht mehr. „Die Freude war aber dann grenzenlos, als er sich als ihr Sohn zu erkennen gab. „Auch meine beiden Brüder Ludwig und Josef waren schon aus dem Krieg zurück", sagt Hans Berzl und seine Augen funkeln, als er über diesen Moment spricht.

Nach und nach erholte er sich von den Strapazen der Gefangenschaft. Innerhalb weniger Wochen legte er fast dreißig Pfund zu. Trotz der schrecklichen Erlebnisse verfiel er nie in Selbstmitleid, sondern blickte stets hoffnungsvoll nach vorn.

Seine Frau Eva, mit der er bereits 1953 vor den Traualtar trat, bescherte ihm neues Glück. Die beiden bekamen fünf Söhne.

Schon im Gefangenenlager hatte sich Hans Berzl vorgenommen, im Falle einer Heimkehr eine Maurerlehre zu absolvieren. Diesen Plan setzte er bald nach seiner Rückkehr in die Tat um. Im Jahr 1962 legte er sogar erfolgreich seine Meisterprüfung ab. 35 Jahre lang war er anschließend bis zum wohlverdienten Ruhestand mit einer eigenen Firma im Baugewerbe tätig.

Hans Berzl denkt noch oft schaudernd an die schrecklichen Erlebnisse in seiner Jugendzeit zurück. Doch die Zeit hatte inzwischen auch die vielen Wunden, die ihm der Krieg geschlagen hatte, geheilt. „Einige Narben blieben für immer, aber ich bin überglücklich, dass ich diesen Wahnsinn überstanden habe. Was mir widerfahren ist, darf niemals wieder passieren. Uns geht es so gut wie nie zuvor. Wir leben nun in einer wunderbaren Zeit voller Freiheit und oftmals sogar Überfluss. Mehr braucht ein Mensch doch gar nicht. Hoffentlich bleibt das für immer so."

Johann Hamperl 1944

(* 17.6.1928)

Es war die Hölle

Johann Hamperl aus Wilting im Landkreis Cham hatte im Krieg schon den Tod vor Augen. In sowjetischer Gefangenschaft war er bis auf die Knochen abgemagert.

„Ich weiß, was Hunger ist", sagt Johann Hamperl aus Wilting von einem tiefen Seufzer begleitet, als er von seinen Kriegserlebnissen berichtete. Der Zeitzeuge gehörte als Jugendlicher zum „letzten Aufgebot" Adolf Hitlers und erlebte nach der Kapitulation die Gräuel sowjetischer Gefangenschaft. Auch 69 Jahre danach erinnert sich der Kriegsveteran an erstaunlich viele Details. Er kann noch mühelos Orte, Namen und Daten ins Gedächtnis zurückrufen sowie seine Gefühle in bestimmten Situationen zum Ausdruck bringen.

Der gebürtige Ebersroither weiß noch genau, wie er mit sechzehn Jahren am 8. Juli 1944 in Bogen seinen Reichsarbeitsdienst antrat. Statt wie üblich mit Gleichaltrigen das Ackerland zu kultivieren oder beim Bau von Straßen mitzuhelfen, erhielt er bereits zu Beginn eine militärische Grundausbildung am Gewehr. Völlig unerwartet folgte im Dezember 1944 die Einberufung in das Reichsausbildungslager in Prag, wo er innerhalb von vier Wochen für die Wehrmacht tauglich gemacht wurde.

„Als wir den Einsatzbefehl erhielten, wären wir am liebsten abgehauen, aber das trauten wir uns nicht", erinnert sich der 86-Jährige 2014 beim Interview. „Keiner von uns wollte noch an die Front, denn die kommende Katastrophe zeichnete sich bereits ab." Mit einem mulmigen Gefühl im Bauch trat Johann Hamperl am 4. Januar 1945 schließlich in Lauban, einer Stadt in der polnischen Woiwodschaft Niederschlesien, seinen Dienst beim Ostheer an. Die ausgezehrten und zahlenmäßig unterlegenen deutschen Divisionen konnten trotz der Auffrischung mit jungen Soldaten, die selbst fast noch Kinder waren, nur noch geringen Widerstand leisten.

Unaufhaltsam näherte sich die Rote Armee dem Deutschen Reich und schon bald überstürzten sich auch in der Einheit von Johann Hamperl die Ereignisse. Mehrmals geriet sein Verband beim Häuserkampf unter feindlichen Artilleriebeschuss. Er sah schon den Tod vor Augen. Und es sollte fürwahr kein Heldentod sein. „Die Kugeln zischten an mir vorbei. Einige Kameraden hatten nicht so viel Glück wie ich." Die Wehrmacht erlebte eine Niederlage nach der anderen und musste hohe Verluste hinnehmen. Die deutschen Truppen wichen immer weiter zurück. Bei Friedland betraten die Landser erstmals wieder deutschen Boden.

Am 2. Mai 1945 erreichte seinen Feldwebel über Funk die Nachricht vom Tod des Führers. Adolf Hitler hatte am 30. April 1945 zwischen 15.15 und 15.50 Uhr Selbstmord begangen. Alle Soldaten waren von den Abwehrkämpfen völlig erschöpft und ausgemergelt. Aus Furcht vor Stalins Rache versuchten sie sich weiter in den Westen durchzuschlagen. Nach der bedingungslosen Kapitulation am 8. Mai zerstörten sie noch nach Vorschrift ihre Waffen. Dann löste sich die Gruppe auf. Ab diesem Zeitpunkt musste jeder sein Schicksal in die eigene Hand nehmen. „Rette sich wer kann", lautete die Devise.

„Ich versuchte mich mit ein paar Kameraden über die Tschechei hinter die amerikanischen Linien abzusetzen", erzählt Johann Hamperl. Querfeldein liefen sie über Äcker und Wiesen. Die Angst saß ihnen im Nacken. Nach zwei Tagen auf der Flucht erreichten sie das Gebiet zwischen Moldau und Elbe in der Nähe von Melnik, wo sie sich in einem dichten Wald versteckten. Völlig ermattet legte sich der junge Soldat schlafen, aber bereits im Morgengrauen weckten ihn drei bewaffnete Russen unsanft mit kräftigen Fußtritten. Mit seinen Kameraden wurde er in ein provisorisches Auffanglager gebracht. Dort mussten sie acht Tage unter katastrophalen Bedingungen ohne Verpflegung ausharren. Laufend kamen neue gefangene Soldaten hinzu.

In einem langen Elendszug wurden sie an Prag vorbei nach Kleinschönau, einer Ortschaft in der Gemeinde Bogatynia im äußersten Südwesten Polens und der Woiwodschaft Niederschlesien am rechten Ufer der Lausitzer Neiße, getrieben. Viele Gefangene brachen schon auf dem Weg ausgelaugt und körperlich geschwächt zusammen oder blieben nach einer Pause einfach liegen. „Ich denke, dass sie erschossen wurden, als wir weg waren", sagt der Zeitzeuge. Die Schüsse, die sie vernahmen, waren bestimmt keine Warnschüsse.

Die sengende Sonne brannte auf seinen Kopf hernieder und der Durst ließ ihm die Zunge am Gaumen kleben, doch die Russen gaben niemandem Wasser zu trinken. „Der Durst war fast noch schlimmer als der Hunger", erinnert sich Johann Hamperl. In ihrer quälenden Not aßen die Gefangenen während einer kurzen Rast das Gras von der Wiese und schlürften Wasser aus schmutzigen Pfützen. Aber noch ahnten sie nicht, was ihnen am Ziel bevorstehen sollte. „Dieses Internierungslager war die Hölle. Einfach schrecklich", klagt Johann Hamperl.

Die Versorgungslage war desolat. Die Gefangenen wurden immer mehr ausgehungert. Zu der kargen Brotration gab es nur etwas Kraut- oder Fischsuppe. „Der Hunger machte uns fertig", erinnert er sich. Hinzu kamen noch Ungeziefer, Dreck, und Kälte. Viele starben jämmerlich an Krankheiten oder an Unterernährung. „Die Toten wurden eingesammelt und vor dem Lager in Massengräber geworfen", schildert der Zeitzeuge, der sich noch an eine weitere schlimme Situation erinnern kann, die ihm auch noch nach Jahrzehnten besonders nahegeht.

Mitte September 1945 musste sich die Horde von Menschen im Hof des Lagers um ein Gemälde von Stalin aufstellen. Ein Rätselraten begann. Was hatte das zu bedeuten? Dann trat ein russischer Kommandant vor, der mit lauter Stimme zu ihnen sprach: „Stalin gibt euch Arbeit und Brot. Ihr seid alle zu 25 Jahren Arbeitslager in Sibirien verurteilt." Die Verzweiflung unter den Gefangenen war groß. „Es war ein völliger Wahnsinn", meint der Kriegsveteran. Eine Flucht war aussichtslos, denn das Lager war von einem Elektrozaun sowie mehreren Reihen Stacheldraht umgeben. Wer der Einzäunung zu nahe kam, wurde ohne Vorwarnung von den Wachposten, die mit schussbereiten Gewehren auf den Türmen lauerten, erschossen. Einige ältere Soldaten hatten nach dieser schlimmen Nachricht ihren Lebensmut endgültig verloren und wählten den Freitod. „Sie ließen sich einfach vor dem Zaun abknallen."

Mit dem Zug wurden die Gefangenen nach Sibirien abtransportiert. Die Lage änderte sich in diesem Arbeitslager kaum. Johann Hamperl war total abgemagert. Sein Körper bestand nur noch aus Haut und Knochen. Doch sein Wille zum Weiterleben war noch nicht gebrochen. So half der inzwischen 17-jährige Bursche, so gut er konnte, in einem Kohlebergwerk und beim Straßenbau mit, bis ihn eines Tages der russische Vorgesetzte zu sich holte.

Angsterfüllt und mit gesengtem Kopf trat er vor den Russen. Hatte er etwas angestellt, das den Unmut des Vorgesetzten erregt hatte? Hatte er sein Tagespensum nicht erfüllt?

„Du warst sehr fleißig und bist noch sehr jung", lobte ihn der russische Offizier. „Du darfst morgen nach Hause."

Eine glückliche Fügung wollte es, dass er als einer der ersten von den 13.000 Gefangenen entlassen wurde.

Bei der einstündigen Entlassungsprozedur bläuten ihm die Sowjets noch ein, kein schlechtes Wort über sie in der Heimat zu verlieren. „Sonst holen wir dich wieder zurück!"

Alle Heimkehrer wurden schließlich für einen Sammeltransport zusammengestellt, der sie unter Kontrolle der Russen bis an die deutsch-polnische Grenze brachte. Die restliche Strecke musste Johann Hamperl auf eigene Faust zurücklegen.

Am 31. Oktober 1946 stand er schließlich völlig ausgemergelt vor seinem Elternhaus in Ebersroith. Seine Mutter öffnete ihm zögernd die Tür und brach bei seinem jämmerlichen Anblick in Tränen aus - vor Entsetzten und vor Freude zugleich. „Ich war nur noch ein Schatten meiner selbst. Ich wog gerade noch 46 Kilo", weiß er zu berichten.

Nach und nach erholte sich Johann Hamperl von den Strapazen des Krieges und der Gefangenschaft. „Ein Stück Fleisch habe ich lange nicht vertragen. Ich musste das Essen erst langsam wieder lernen." Doch trotz aller Widrigkeiten ging er stets mit einer positiven Einstellung durchs Leben.

Im Jahr 1948 schloss er seine Metzgerlehre ab, die er kurz vor seiner Einberufung zum Reichsarbeitsdienst noch begonnen hatte. Anschließend pachtete er in Wilting ein Wirtshaus, in dem er auch seine Frau Maria kennenlernte. Sie schenkte ihm zwei Töchter. Gemeinsam betrieben sie mit viel Eifer die Gastwirtschaft, bis sie 1968 in Wilting eine eigene Metzgerei eröffneten.

Johann Hamperl denkt oft an die furchtbaren Erlebnisse aus seiner Jugendzeit zurück. Die Zeit konnte viele seiner Wunden heilen. Die Narben in seiner Seele aber sieht man nicht. „Ich bin froh, dass ich alles gesund überstanden habe. Es hätte mich auch schlimmer treffen können", sinniert er über sein Leben. Im Jahr 1991 begann er bei einem Besuch des Internierungslagers in Kleinschönau seine bittere Vergangenheit aufzuarbeiten.

„Die Zeit dort hat mich für mein Leben geprägt. Ich bin durch diese Erfahrungen sehr zäh und hart geworden. Ich habe damals sehr viele Kräfte in mir entwickelt, von denen ich gar nicht wusste, dass ich sie in mir habe", sagt Johann Hamperl, der nach dieser Konfrontation mit dem „Ort des Schreckens" letztendlich auch seinen inneren Frieden fand.

Johann und Maria Hamperl feierten 2017 ihre diamantene Hochzeit. Beide erfreuten sich auch 2021 noch bester Gesundheit.

Quartier in Russland nach einem Fliegerangriff

Foto: Franz Xaver Mayer

Johann Hamperl mit seiner Frau Maria 2014

Johann Köppl 2014

(* 23.5.1925)

Ich habe nie einen Krieg gewollt

Die Narben an seinen Beinen erinnern Johann Köppl noch immer an jenen Tag im Jahr 1944 in Polen, der beinahe sein Todestag geworden wäre.

Die tiefen Wunden in seinem Körper sind zwischenzeitlich vernarbt, doch das erlebte Kriegstrauma lässt sich bei ihm nicht mehr ausradieren. Es ist beim Interview deutlich zu spüren, dass vor allem die furchtbaren Ereignisse im Schützengraben von Stanislau den 89-jährigen Kriegsveteranen aus Höhhof, einem bei Traitsching gelegenen Ort, nicht loslassen. „Eigentlich möchte ich von allem nichts mehr wissen", erklärt er zunächst mit einem gewissen Unterton der Resignation. Erst nach und nach gibt er im Laufe des Gesprächs dann doch ein paar Details aus seiner Kriegszeit preis.

Alles begann im November 1942, als der damals 17-Jährige während der Feldarbeit den Einberufungsbefehl zur Wehrmacht erhielt. „Ich wäre damals vor Schreck fast vom Heuwagen gepurzelt, so perplex war ich. Viele Ältere wären eigentlich noch vor mir an der Reihe gewesen", erinnert er sich. Man kann seinen Worten entnehmen, dass sein Ärger über diese Mitteilung selbst nach über sieben Jahrzehnten noch nicht verraucht ist.

Was folgte, war eine vierwöchige Ausbildung in einer Kaserne in Mannheim, denen sich unmittelbar danach Einsätze in Rumänien und Albanien anschlossen. „Die Partisanen dort waren ganz gefährliche Hunde. Sie kämpften hartnäckig und leisteten massiven Widerstand. Man musste oft seine eigene Haut retten", erklärt er.

Eine Nacht aus dieser Zeit hat sich bei ihm besonders tief eingeprägt. Ein Feldwebel riss die Mannschaft im Lager aus dem Schlaf. Er suchte einen Freiwilligen für ein Kampfmanöver. Alle blieben schlaftrunken liegen, ohne einen Mucks von sich zu geben. Wütend packte der Vorgesetzte deswegen den erstbesten Soldaten, den er ergreifen konnte, und scheuchte ihn aus dem Raum. „Wir haben beide nie mehr wieder gesehen. Ich hatte Glück, denn an der Stelle meines Kameraden hätte auch ich liegen können", meint Johann Köppl rückblickend.

Im Frühjahr 1944 wurde er schließlich nach Frankreich versetzt, wo er ebenfalls wieder in den Kampf gegen Aufständische geschickt wurde. Die Nachricht vom Einsatz an der Ostfront ereilte ihn im Herbst desselben Jahres während eines Fronturlaubs in Höhhof. „Ich war erst heimgekommen, dann musste ich auch schon wieder fort."

Wegen des aggressiven Vorstoßes der Roten Armee erlitt das deutsche Heer zu diesem Zeitpunkt bereits dramatische Verluste. Jeder einsatzbereite Mann wurde für den längst verlorenen Endsieg benötigt. „Wir wussten, dass wir jetzt verheizt werden sollten und den Kopf für einen völligen Irrsinn hinhalten mussten. Aber es gab keinen Ausweg.

Im polnischen Stanislau versuchte seine Einheit den Vormarsch der Sowjets aufzuhalten, doch die Wehrmacht war zahlenmäßig in jeder Sicht unterlegen und außer Stande, sich zu verteidigen. Die gegnerische Artillerie nahm die deutschen Schützengräben mit der gefürchteten „Katjuscha", einen Raketenwerfer (auf deutscher Seite auch „Stalinorgel" genannt) unter Beschuss. Das ohrenbetäubende Heulen der Raketensalven sorgte bei den Landsern für Angst und Schrecken. Auch bei Johann Köppl haben sich diese Szenen tief in das Gedächtnis eingebrannt. Wenn er davon erzählt, werden die Bilder von Tod und Zerstörung wieder lebendig.

Über den Moment, in dem eine Rakete in seine Stellung einschlug, möchte er aber nicht sprechen. „Es war furchtbar", stöhnt er stattdessen. Seine Kameraden retteten ihn blutüberströmt und mit Raketensplittern in den Beinen vom Schlachtfeld. Der Sanitätsdienst brachte ihn nach Königsberg, wo er auf ein Kriegsschiff verladen wurde. „Viele Zivilisten, die vor den Russen flüchteten, waren mit an Bord. Die Menschen drängten sich in den Gängen, das Schiff platzte aus allen Nähten."

Ein zweites Boot voller Flüchtlinge und Kriegsopfer legte zeitgleich mit ihnen vom Steg ab. „Auf einmal gab es einen ohrenbetäubenden Knall. Die Menschen schrien auf. Das Schiff schwankte beängstigend." Der Moment, als das zweite Schiff auf eine Wassermine traf, hat sich bei ihm ins Gedächtnis eingebrannt. „Es wurde vollständig versenkt. Viele an Bord hat es wohl erwischt", sagt er. „Ab diesem Zeitpunkt habe ich mir geschworen, nie wieder ein Schiff zu betreten."

In Deutschland angekommen, ging es im Geländewagen weiter nach Ingolstadt in ein Militärkrankenhaus. Erst dort befreite ihn ein Arzt von den Splittern. „Zwei befinden sich noch immer in meinem linken Knie. Er hielt es für nicht notwendig, sie rauszuholen", sagt Johann Köppl. Selbst im Mai 1945, als das Deutsche Reich kapitulierte, lag er aufgrund der schweren Verwundungen noch immer im Lazarett. Erst als die Amerikaner einmarschierten, wurde er mit der Auflösung des Lagers entlassen.

Die G.I.s brachten ihn nach Regensburg, wo das Ausmaß des abscheulichen Bombenkrieges auf deutschem Boden sichtbar war. „Als ich durch die Stadt ging, war sie kaum mehr wiederzuerkennen. Viele Viertel lagen in Schutt und Asche. Ich musste auf dem Weg zum Bahnhof über Trümmerberge klettern. Vor allem Reinhausen hatte es voll erwischt", erinnert er sich.

Mit dem Zug fuhr Johann Köppl nach Falkenstein. Dort borgten ihm Verwandte ein Fahrrad, mit dem er sich auf den

Weg Richtung Höhhof machte. Kurz vor dem Ziel geriet er noch in eine amerikanische Personenkontrolle. „Sie waren sehr arrogant und haben komische Fragen gestellt. Als ich ihnen meinen Entlassungsschein zeigte, hätten sie ihn beinahe einbehalten und mich eingesperrt", schimpft der Zeitzeuge, der wegen dieses Ereignisses kein gutes Haar mehr an den Amerikanern lässt.

Bald nach seiner Heimkehr lernte er seine Frau Rosamunde beim Tanzen kennen. Am 26. September 1949 reichten sich beide in Sattelbogen die Hände zum Bund der Ehe. Seit der Vermählung bewirtschaftete das Paar zusammen die Ländereien, die Johann von seinen Eltern ererbt hatte. Aus der glücklichen Ehe ging eine Tochter hervor. Trotz der vielen Arbeit pflegte Johann Köppl stets die Gemeinschaft und engagierte sich in Vereinen.

Über seine traumatischen Kriegserlebnisse verlor er aber im Freundeskreis kaum ein Wort. Wie er zugibt, schleichen sich nachts noch immer die Erinnerungen an Tod und Zerstörung in seine Träume. „Wir sind so jung gewesen. Das war der absolute Wahnsinn", erklärt er. „Ich habe nie einen Krieg gewollt. Wie das Land da hineinschlittern konnte, verstehe ich bis heute nicht."

Johann Köppl musste im Frühjahr 2021 nach über 70 gemeinsamen Ehejahren seine Frau zu Grabe tragen. Umsorgt von seiner Familie verbringt er in Höhhof weiterhin seinen Lebensabend.

Kriegsopfer am Straßenrand

**Den nachrückenden Truppen bot sich ein Bild
des Grauens.**

Fotos: Franz Xaver Mayer

Johann Lanzinger 2014

(* 12.4.1925 † 24.4.2019)

Sie wollten uns fertigmachen

Johann Lanzinger aus Völling, einem kleinen Ort im Bayerischen Wald, kämpfte im Kurland-Kessel und verbrachte vier
Jahre in russischer Gefangenschaft.

August 1944: Annähernd eine halbe Million Soldaten der
Heeresgruppe Nord waren im Baltikum von der Roten Armee
umzingelt. Seit Wochen haben sie sich mit den Sowjets einen
erbitterten Stellungskrieg geliefert. Mit Unterstützung von ein-
geflogenen Kampfverbänden rüstete sich die Heeresführung
bereits zum finalen Befreiungsschlag. An Bord einer Junker 52
in Richtung des berüchtigten Kurland-Kessels saß auch Johann
Lanzinger aus Völling. Zu diesem Zeitpunkt ahnte er noch
nichts von dem drohenden Unheil.

„Das war ein einziges Blutbad", schildert Johann Lanzinger
2014 im Interview. Er hat das Inferno der Kessel-Schlachten
überlebt, aber die fürchterlichen Erlebnisse lassen den Veteranen das ganze Leben über nicht mehr los.

Bereits im Januar 1943 erhielt der damals 17-Jährige die Einberufung zum Reichsarbeitsdienst. Für sechs Monate versetzten ihn die Verantwortlichen zur Unterstützung des deutschen
Heeres zunächst ins Saarland, dann an die französisch-spani-
sche Grenze. Seine Arbeitskraft wurde hauptsächlich bei der
Errichtung von militärischen Stellungen benötigt. Im Oktober
1943 folgte dann der Stellungsbefehl zur Wehrmacht.

Kurz zuvor hatte Johann Lanzinger noch die Nachricht vom
Tod seines Bruders ereilt, der als Sanitäter in der Ukraine gefallen war. Es dämmerte ihm, dass die Militärs nun auch ihn blind
ins Verderben stürzen würden. Wegen einer körperlichen Be-
einträchtigung – Lanzinger war von Geburt an auf dem linken

Auge erblindet – stand für ihn aber noch die Chance einer Ausmusterung im Raum. Diese Hoffnung wurde von den Musterungsärzten aber jäh zerstreut. Schließlich ergab er sich seinem Schicksal und reihte sich wie die Mehrheit der Deutschen gehorsam in die Armee ein.

Nach einer achttägigen Ausbildungsphase in einer tschechischen Kaserne wurde der junge Rekrut sofort einem Infanterieregiment unterstellt und nach Weißrussland in das Gebiet um die Stadt Mogilev kommandiert. Seine Garnison hatte den Befehl, Eisenbahnbrücken und Schienen vor Partisanenanschlägen zu schützen. Johann Lanzinger ging mit seinen Kameraden täglich die Gleise ab, um sie auf Sprengsätze oder Minen zu kontrollieren.

Er erinnert sich: „Wir haben nichts entdeckt. Die Bevölkerung war dermaßen eingeschüchtert, dass niemand es wagte, sich zu wehren." Der bedrohliche Terror gegen die Zivilisten war unter anderem auf großen Plakaten ersichtlich. Die deutschen Besatzer drohten damit potenziellen Widerstandskämpfern im Falle eines Attentats mit der totalen Auslöschung ihres Dorfes. Obwohl der Wahnsinn an der Front noch weit vor ihm lag, hatte sich Johann Lanzinger schon zur ersten Kriegsweihnacht angesichts des trostlosen Umfelds keine Illusionen mehr über einen siegreichen Ausgang des Krieges gemacht.

Im Frühjahr 1944 dehnten die Sowjets ihre Angriffe auf die deutschen Truppen aus. Zur Stabilisierung der Ostfront stellten die Kommandeure in der Folge neue Divisionen auf. Im Zuge dieser Maßnahme landete Johann Lanzinger im nahegelegenen Witebsk, einer Stadt im Norden Weißrusslands, wo er zunächst unter hartem Drill an verschiedenen Standorten seine militärische Ausbildung abschloss.

Im April 1944 war die Rote Armee bereits bis Weißrussland vorgedrungen. Der junge Soldat wurde einer Panzerjäger-Abteilung zugeteilt, die sich umgehend mit dem Bau von Verteidigungsstellungen auf die anrückenden Streitkräfte vorzubereiten hatte. Bald begriffen die Befehlshaber aber die Aussichtslosigkeit ihrer Lage und ordneten den Rückzug an.

An ein Erlebnis aus dieser Zeit denkt der zum Zeitpunkt des Gesprächs 89-Jährige immer noch mit einem Schauder zurück. Alle Einheiten wurden in Mogilev, einer Stadt in Weißrussland, zusammengezogen, wo sie sich im Innenhof eines großen Anwesens zur Essensausgabe sammelten. „Es wimmelte nur so vor Soldaten. Das ganze Gelände war voller Transporter, Geschütze und Rösser." Der Pilot eines sowjetischen Kampfflugzeuges erspähte die Menschentraube, fasste sie umgehend ins Auge und bedachte sie mit einer Bombe. Diese landete genau vor der Feldküche, an der sich auch Johann Lanzinger angestellt hatte. Geistesgegenwärtig warf er sich gerade noch rechtzeitig hinter einer Kanone auf den Boden. „Es gab einen ohrenbetäubenden Knall. Als ich aus der Deckung kam, lagen überall die Toten." Annähernd 20 Landsern kostete dieser Angriff das Leben. Dutzende waren verletzt. „Wir waren erschrocken und fassungslos."

Viel Zeit zum Verschnaufen blieb Johann Lanzinger aber nicht, denn die unaufhaltsamen russischen Divisionen trieben die Wehrmacht weiter vor sich her. Im Tross marschierte er mit seiner Kompanie täglich unzählige Kilometer. Binnen vier Wochen erreichten sie Polen. „Es waren fürchterliche Tage. Vor allem die blutigen Blasen an den Füßen haben mir zu schaffen gemacht."

Anschließend bekam er zum ersten Mal acht Tage Fronturlaub. Nach dem kurzen Wiedersehen mit seinen Eltern und Verwandten, stieg er schließlich in Berlin in die besagte JU 52, die ihn in den Kurland-Kessel brachte. Dort erlebte er hautnah das Desaster des Krieges.

„Als ich aus der Maschine kam, hörte ich schon das Rattern der Maschinengewehre." Seine Einheit wurde zu einem Abschnitt befohlen, der besonders hart umkämpft war. Der Einsatz dort glich einem Himmelfahrtskommando. Von einer Hauptkampflinie konnte keine Rede mehr sein; denn das Gelände war nur noch eine wüste Kraterlandschaft. Zu Beginn eines Gefechts schoss sie die Rote Armee mit Granatwerfern und Mörsern sturmreif. „Vier oder fünf Stunden hat der Russe pausenlos auf uns eingetrommelt." Die vorderen Verteidigungslinien wurden durch das Bombardement regelrecht zermalmt.

Die Verzweiflung und Anspannung angesichts ihrer hoffnungslosen Lage standen den Soldaten buchstäblich ins Gesicht geschrieben. „Jeder ging auf seine eigene Art und Weise mit der Angst um. Einige rauchten, andere beteten. Etliche hielten dem Druck und Getöse nicht länger stand. Sie flüchteten panikartig aus den Schützengräben. Der Russe hat sie dann sofort zusammengeschossen."

Nach dem Dauerfeuer folgten die Angriffswellen, die stets in einem unglaublichen Massaker endeten. Aus ihren Stellungen heraus setzten sich die Landser mit ihren Maschinengewehren gegen die anrennenden Russen entschlossen zur Wehr. „Ich weiß nicht mehr, was da einem alles durch den Kopf geht. Im Krieg gibt es kein Erbarmen, sondern nur das Bestreben, seine eigene Haut zu retten", rechtfertigt Johann Lanzinger seinen Einsatz als Soldat, während er dieses Szenario schildert. Mehrmals konnten sie in solch einem Gemetzel nur mit knapper Müh und Not den Zusammenbruch der eigenen Verteidigungslinie verhindern.

Sobald die Russen sich wieder zurückgezogen hatten, wagten sie sich aus ihren Schützengräben, um die Leichen zu bergen oder die Verwundeten zu versorgen. Mehrmals gerieten sie dabei ins Visier von feindlichen Scharfschützen. Viele Kompanien verzeichneten große Verluste oder waren nahezu aufgerieben.

Die Russen ließen sie kaum zur Ruhe kommen. „Nach mehreren Tagen Pause legten sie schon wieder los. Wir waren immer in Alarmbereitschaft und mussten bei Eiseskälte in unseren Gräben schlafen. Die Läuse krochen uns den Nacken hoch."

Nach mehreren Monaten kam die Ablösung und Johann Lanzingers Einheit erhielt den Befehl zum Rückzug. Nerven aus Stahl brauchte er aber auch abseits der Hauptkampfzonen. „An allen Ecken und Enden kam es zu Feindkontakt. Wir haben uns harte Gefechte mit den Russen geliefert. Sie wollten uns fertig machen. Die Kugeln pfiffen nur so an mir vorbei."

So hat er auch noch immer das Bild im Kopf, als sein Oberstleutnant an der Halsschlagader getroffen wurde, zu Boden sackte und qualvoll verblutete. Dieser schreckliche Vorfall hat sich in sein Gedächtnis eingebrannt.

Wegen des zunehmenden Durcheinanders in der Führungsstruktur erhielten sie irgendwann keine eindeutigen Befehle mehr. Oft kamen sie sich hilflos vor. Es entstand der Eindruck, dass sie dem Feind wohl endgültig ausgeliefert waren. Ein besonders mulmiges Gefühl beschlich Johann Lanzinger, als seine Gruppe einen auf einer Anhöhe liegenden Gefechtsstand der Sowjets unter heftigen Granatbeschuss einnehmen musste. „Das hätte schlimm für uns enden können. Der Posten war aber unterbesetzt und sie haben schnell aufgegeben", erinnert er sich. Doch die Mühe war vergebens, denn ein paar Tage später hatte der Gegner den Stützpunkt schon wieder zurückerobert.

Nicht immer verliefen die Einsätze für Johann Lanzinger so glimpflich. Im Dezember 1944 wurde seine Einheit nach einem Durchbruch der Russen zerstreut. Am Sammelpunkt schlug dann plötzlich wie aus dem Nichts eine Granate ein. Bei der Detonation riss es Johann Lanzinger die Haut von der rechten Schulter. Doch er war hart im Nehmen und verrichtete weiterhin seinen Dienst nach Vorschrift.

Bald darauf geriet er in eine ähnliche Situation, als er beim Ausheben eines Erdlochs von einem russischen Stoßtrupp überrascht wurde. Vorausgegangen war ein Wortgefecht mit seinem Offizier, der ihn in der Folge als Strafe zu dieser Arbeit verdonnert hatte. Mit viel Glück überlebte Johann Lanzinger auch diese Attacke, aber ein Granatsplitter schlitzte ihm den linken Arm auf. „Das Lazarett war für mich der Himmel auf Erden. Nach den harten Wochen auf dem Schlachtfeld habe ich zum ersten Mal wieder ein Bett gesehen."

Nachdem ihm die Ärzte den Splitter entfernt hatten, wurde er im Januar 1945 auf einem Schiff aus dem schrecklichen Kurland-Kessel gebracht. Über Danzig gelangte er nach Braunschweig, wo er sich bei der Genesungskompanie 21 Tage lang von den Strapazen erholen durfte. „Ich habe herausgefunden, dass meine Einheit kurz darauf aus dem Kessel abgezogen wurde. Meine Kameraden sind dann bei einem späteren Einsatz in ein MG-Feuer gelaufen. Alle sind gefallen." Er begreift bis dato nicht, warum ausgerechnet er als einziger von ihnen überlebt hat. „Wäre ich damals nicht zum Schaufeln geschickt worden, würde ich wahrscheinlich nicht mehr hier sitzen", meint der Zeitzeuge.

Die Endphase des Krieges erlebte Johann Lanzinger bei den Panzerjägern im deutsch-tschechischen Grenzgebiet. „Es herrschte das blanke Chaos. Wir hatten der Roten Armee nicht mehr viel entgegenzusetzen. Viele unserer Soldaten waren zu jung und ohne Erfahrung." Gegen die übermächtigen Sowjets mit ihren gefürchteten Stalinorgeln versuchten sie in verzweifelten Kämpfen noch Widerstand zu leisten. Vergebens.

Am 8. Mai 1945 – Johann Lanzinger war inzwischen bei der FLAK-Artillerie untergekommen – wurden sie schließlich mit der endgültigen Kapitulation des Deutschen Reiches konfrontiert. In einem Geländewagen trat er mit seinen Kameraden die Reise in die Heimat an, doch die Russen hielten sie an und nahmen ihnen das Gefährt ab. Mit dem Kompass versuchten sie sich zu Fuß durchzuschlagen. Schließlich begegneten sie einer langen Marschkolonne deutscher Soldaten. Ein Oberstleutnant riet ihnen, sich dem Zug anzuschließen. Johann Lanzinger und seine Kumpel ließen sich auf den Vorschlag ein. Der gesamte Trupp wurde auf einem tschechischen Gutshof untergebracht und der Völlinger kümmerte sich dort vorrangig um die Rösser. „Zu diesem Zeitpunkt redeten die Russen noch immer von einer baldigen Entlassung", erinnert sich der Zeitzeuge.

Im September 1945 kamen die Gefangenen in ein Hauptlager nach Ungarn. Annähernd dreißigtausend Mann wurden dort unter schlimmsten Bedingungen zusammengehalten. Vier Monate musste Johann Lanzinger die kargen Essensrationen und die menschenunwürdigen Zustände ertragen, bis er schließlich den Befehl zum Arbeitseinsatz in Österreich erhielt. In einer großen Werkstatt säuberte und wartete er die Militärfahrzeuge der Sowjets. Durch verunreinigtes Trinkwasser erkrankte er aber schon bald an der Ruhr.

Im August 1946 verluden die Russen die deutschen Kriegsgefangenen auf Viehwaggons. Binnen zehn Tagen wurden die Männer zusammengepfercht wie Tiere nach Leningrad gebracht. „Die Fahrt war kaum zu ertragen. Es gab kein Wasser, es war heiß, man konnte in den Wagons kaum atmen", erzählt der Veteran. In den Pausen öffneten die Russen nur die Tore, um die Toten auszusortieren.

Mit vielen Leidensgenossen schuftete Johann Lanzinger über drei Jahre in einer Werft. Bei Temperaturen weit unter dem

Gefrierpunkt hausten sie in notdürftigen Baracken. Erst im Jahr 1948 konnte er in einem Brief an seine Eltern ein Lebenszeichen von sich geben. Im Dezember 1949 wurde er schließlich mit der Auflösung des Lagers in die Heimat entlassen. Mit dem Zug gelangte er nach Frankfurt an der Oder, wo er die nötigen Entlassungspapiere erhielt. Als er kurz vor Weihnachten am Bahnhof in Falkenstein eintraf, konnte er sein Glück über die Heimkehr noch immer nicht fassen.

Trotz der einschneidenden Kriegserlebnisse hatte sich Johann Lanzinger schnell wieder aufgerappelt. Im Jahr 1954 heiratete er seine Franziska, die ihm zwei Töchter schenkte. Auch nach seiner Heimkehr führte er ein arbeitsreiches Leben. Zunächst war er 15 Jahre lang im Kloster Hofstetten beschäftigt, später war er bis zu seinem Ruhestand bei der Falkensteiner Firma „Bavaria Feuerlöscher" tätig.

„Wer nicht dabei gewesen ist, kann das alles eigentlich nicht verstehen", sagt der Kriegsteilnehmer rückblickend. Er selbst erhielt für seine Einsätze von der Militärführung das Eiserne Kreuz 2. Klasse. Doch diese Auszeichnung konnte ihn nicht über die tragischen Ereignisse und das Schicksal der vielen Gefallenen hinwegtrösten. An der Front erlebte er jeden Tag, wie grausam und brutal der Krieg war. Ihm geht vor allem der Fanatismus der damaligen Anführer nicht in den Sinn, denn ihre teils fragwürdigen Befehle kosteten unzähligen Soldaten das Leben. „Warum haben wir nicht früher aufgegeben? Dann hätten viele Männer gerettet werden können."

Entlassungsschein von Johann Lanzinger 1949

Josef Zollner mit seiner Frau Anna 2014

(* 10.3.1923   † 27.10.2018)

Ein schier unendliches Martyrium

Kriegsveteran Josef Zollner erzählt 2014 von Erlebnissen im Zweiten Weltkrieg seit 1942. Er hatte unglaubliches Glück, sowohl an der Front wie auch in russischer Gefangenschaft.

„Skora domoi", diese beiden russischen Worte hat Josef Zollner auch nach 65 Jahren noch nicht vergessen und seine Augen funkeln noch immer, wenn er sie ausspricht. Übersetzt heißen sie „Morgen darfst du nach Hause" und für den Veteranen bedeuteten sie das Ende einer langen Leidenszeit in sowjetischer Gefangenschaft.

Josef Zollner musste im 2. Weltkrieg ein schier unendliches Martyrium ertragen. Dennoch berichtet er von seinen Kriegserlebnissen ohne jeglichen Zorn. „Das Leben hat mir viel genommen. Es hat mir aber auch wieder ganz viel gegeben", sagt er.

Am 10. März 1942 erhielt der 19-jährige Knecht per Post den Einberufungsbefehl zur Wehrmacht. Zu diesem Zeitpunkt waren bereits zehn Männer aus seinem Heimatdorf Sattelbogen in Frankreich oder Russland gefallen. Mit großem Unbehagen und innerer Ungewissheit trat er am 14. April 1942 im tschechischen Ostrau eine sechsmonatige Grundausbildung für die Heeres-Flakartillerie-Abteilung an. „Man hatte ja damals keine andere Wahl", meint er rückblickend.

Im Anschluss daran folgten die ersten Fronteinsätze in Frankreich. In Lille beschoss er zunächst die Bomber und Jagdflugzeuge der Alliierten. Im Jahr 1943 bediente er auch ein Geschütz im Schloss Versailles, um das historische Gebäude gegen feindliche Luftangriffe zu schützen. Danach wurde er vor der nordfranzösischen Hafenstadt Dünkirchen einer FLAK-Batterie auf dem offenen Feld zugeteilt. Diese Stellung galt als eine ständige Gefahr für die feindlichen Flieger. Sie wurde deswegen regelmäßig von alliierten Bombern überfallen.

Beim Kommando „volle Deckung" fanden die Soldaten nur in einem unterirdischen Munitionsbunker vor den ohrenbetäubenden Einschlägen der Sprengkörper Schutz. Ein Ereignis aus dieser Zeit lässt Josef Zollner aber nicht mehr los: In seiner Funktion als Richtschütze nahm er einen herannahenden Tiefflieger ins Visier, doch das schwere Sprenggeschoss explodierte bereits im Lauf seiner Kanone. Durch die Wucht der Detonation wurde der Soldat aus dem Graben geschleudert und von den aufgewühlten Erdmassen vollkommen verschüttet, sodass nur noch eine Hand aus der Erde ragte. Seine Kameraden konnten ihn gerade noch rechtzeitig aus diesem Grabhügel befreien. So überlebte dieser den Rohrkrepierer wie durch ein Wunder nahezu unverletzt. Andere hatten weniger Glück. Von den übrigen fünf Leuten, die gemeinsam mit ihm das Geschütz bedient hatten, waren drei auf der Stelle tot.

Bei einer Begutachtung der Munition stellte sich heraus, dass die Geschützmannschaft einer heimtückischen Sabotage zum Opfer gefallen war. Die in der Rüstungsindustrie eingesetzten Zwangsarbeiter hatten in den Zündern eine Stahlnadel durch ein Streichholz ersetzt und die Geschosse so zu gefährlichen Granaten umfunktioniert.

Viel Zeit, um sich von dem Schock zu erholen, blieb Josef Zollner jedoch nach diesem tragischen Vorfall nicht, denn schon kurz darauf wurde er nach Cherbourg zur Bewachung der französischen Küste abgeordnet. „Es ahnte zu diesem Zeitpunkt noch niemand, dass im Juni 1944 die Invasion der Alliierten ansteht", berichtet der Kriegsveteran im Gespräch. Die

Landungstruppen trafen unsere Wehrmacht daher völlig unvorbereitet. Er erinnert sich noch genau, wie am frühen Morgen am Horizont die Kriegsschiffe und Schnellboote auftauchten. „Es war eigentlich eine völlig aussichtslose Lage. Jedes zweite Geschütz an unserem Abschnitt war unbesetzt. Viele unserer Kameraden waren noch im Urlaub. Ein Widerstand gegen diese gewaltige Armada war eigentlich völlig unrealistisch." Trotzdem nahm seine Mannschaft die Flotte unter Beschuss. Vergebens. Es fehlte ihnen die erforderliche Munition.

Als die Bombardierungen auf den von ihnen zu verteidigenden Küstenabschnitt immer heftiger wurden, traten sie schließlich den Rückzug an. Unmittelbar nach dieser Invasion verstärkte auch die Rote Armee auf der östlichen Seite mit der Sommeroffensive ihre Angriffe auf das Deutsche Reich. Zur Stabilisierung der Ostfront ordneten die Befehlshaber eine Truppenverlagerung an. Im Zuge dieser Maßnahme wurde im Frühjahr 1945 Josef Zollner nach einem Aufenthalt im französischen Inland nach Breslau in Polen gebracht.

Dem massiven sowjetischen Truppenaufmarsch hatte die Wehrmacht aber nichts mehr entgegenzusetzen. „Die deutsche Niederlage war unausweichlich. Niemand glaubte zu dieser Zeit noch an einen Sieg", meint Josef Zollner, der am 1. Mai 1945 sogar noch die Beförderung zum Unteroffizier entgegennahm. Die Sowjets waren den Deutschen in allen Bereichen überlegen und so wurde auch seine Einheit immer weiter zurückgedrängt.

Am 8. Mai 1945 erfuhren sie schließlich in Dresden von der bedingungslosen Kapitulation des Deutschen Reiches.

„Hitler ist tot. Der Krieg ist aus. Geht nach Hause", forderte sie der Vorgesetzte auf.

Ab diesen Zeitpunkt war jeder auf sich allein gestellt. Stalins Rache war gefürchtet. Sie wollten der Roten Armee um jeden Preis entkommen. Doch bereits am 10. Mai 1945 wurde Josef

Zollners Truppe von Russen umzingelt. Sie trieben alle auf einen Bauernhof. Die Wiese füllte sich in den nächsten Tagen mit immer mehr Soldaten. Die Sowjets waren auf so viele Gefangene gar nicht vorbereitet. Dementsprechend schlecht war die Versorgungslage. Es gab kein Essen und nichts zu trinken. Viele Menschen waren verwundet und mit ihren Kräften bereits am Ende. Die meisten kamen qualvoll unter den schlechten Bedingungen ums Leben.

Nach ein paar Tagen wurden die Gefangenen auf verschiedene Lager verteilt. Damit begann die eigentliche Odyssee des Josef Zollner. Er meldete sich freiwillig zur Arbeit bei Frankfurt an der Oder, in der Hoffnung damit sein Los zu verbessern. Aber er kam damit nur vom Regen in die Traufe. Die Situation war gleich aussichtslos. „Pro Tag erhielten wir 100 Gramm Brot und eine kleine Büchse Suppe. Schlafen mussten wir auf dem Betonboden im Keller einer Panzerkaserne." Wegen der drastischen Unterernährung starben auch hier täglich die Gefangenen in hoher Zahl. „Sie sind eingegangen wie die Fliegen", schildert Josef Zollner die schlimme Lage. Jeden Tag wurden die Toten von den Russen eingesammelt und im LKW abtransportiert. „Niemand wusste wohin."

Bald darauf ging es für Josef Zollner mit 2000 Mann weiter nach Hoyerswerda. Auf freier Wiese mussten dort die Gefangenen innerhalb kurzer Zeit ein neues Lager aus dem Boden stampfen. „Es war eine unglaubliche Schufterei. Anfangs waren wir schutzlos der Witterung ausgesetzt." Trotz der harten Arbeit wurden die Essensrationen pro Tag nur minimal erhöht. Es gab für jeden Gefangenen 200 Gramm Brot und einen Liter Wassersuppe. Die Verzweiflung war groß, aber an eine Flucht war überhaupt nicht zu denken. Das gesamte Camp war von einem Elektrozaun und zusätzlich von einem Stacheldraht umgeben. Überall standen Wachsoldaten, die ohne Zögern gnadenlos auf Gefangene, die zu fliehen versuchten, schossen.

Im Frühjahr 1947 wurde Josef Zollner nach Moskau verfrachtet. Acht Stunden täglich schuftete er in einem Sägewerk. „Dort ging es uns aber verhältnismäßig gut. Wir bekamen ausreichend zu essen und konnten uns sogar ein paar Rubel für private Anschaffungen wie Zigaretten verdienen", erinnert sich der Sattelbogener. Er gab in dieser Zeit auch sein erstes Lebenszeichen an die in der Heimat lebenden Angehörigen, für die er lange Zeit als verschollen galt. Es handelte sich dabei um eine Karte des Suchdienstes für vermisste Soldaten vom 14. September 1947, die seine Eltern per Post erreichte. Ab diesem Zeitpunkt war ein regelmäßiger Briefkontakt mit seinen Angehörigen möglich. Ab und zu fand er in seiner Baracke aber auch nur einen leeren Umschlag vor. Dies bedeutete, dass die sowjetische Zensur das Schreiben wegen seines Inhalts beschlagnahmt hatte. „Die Post aus der Heimat hat mir viel Kraft gegeben. Auch wenn nur 25 Wörter erlaubt waren", gesteht er rückblickend. Trotzdem begann er immer mehr an einer Heimkehr zu zweifeln.

Am Abend des 25. August 1949 erhielt er vom sowjetischen Kommandanten schließlich die erlösende Nachricht. Wegen seines enormen Arbeitspensums durfte er, Josef Zollner, als einziger von den 5000 Gefangenen das Lager verlassen. Bereits am nächsten Morgen wurde er zu einem Bahnsteig gebracht. Er konnte sein Glück nicht fassen. Noch immer bangte er aber um seine Freilassung. „Ich war an diesem Tag so nervös, dass ich 42 Zigaretten hintereinander rauchte", weiß er noch. Zusammen mit 800 Gefangenen aus anderen Arbeitslagern wartete er auf den Zug. Er musste vor seiner Abreise noch einen Lebenslauf verfassen. Außerdem wurden alle Gefangenen einer gründlichen Leibesvisitation unterzogen. „War der niedergeschriebene Text nicht auf der Linie der Sowjets oder wurden am Körper SS-Tätowierungen entdeckt, nahmen die Wärter einen sofort wieder in Gewahrsam. Ein paar Kerle hat es da noch erwischt." Nach gefühlt stundenlangem Warten erhielt Josef Zollner dann endlich die erhoffte Freigabe und konnte in einem mit Holzbrettern verschlagenen Waggon die Heimreise antreten.

„Die Freude, wieder daheim zu sein, war grenzenlos", schwärmt er auch noch Jahrzehnte später von diesem Ereignis. Doch die lange Gefangenschaft hatte auch bei ihm Spuren hinterlassen: „Mein Körper war völlig ausgemergelt. Angst verfolgte mich überall hin wie ein böser Schatten. Wie oft drehte ich mich noch Wochen nach meiner Freilassung erschreckt um, weil ich dachte, dass ein Wachmann hinter mir steht."

Trotz der einschneidenden Erlebnisse verfiel Josef Zollner nie in Selbstmitleid. Er blickte stets hoffnungsvoll nach vorne. Schnell schlug er in seiner alten Heimat neue Wurzeln und baute sich in Sattelbogen eine neue Existenz auf. Er übernahm die Landwirtschaft seiner Eltern und heirate 1956 seine Anna. Das Paar bekam drei Kinder. Trotz der schlimmen Kriegserfahrungen, die seine jungen Jahre verdunkelten, hat sich schließlich für ihn doch alles zum Guten gewendet. „Ich bin glücklich mit meinem Leben, so wie es verlaufen ist", betont er. Auch gegen die Russen hegt er keinen Groll mehr. „Ich hatte mit einigen von ihnen im Lager sogar Freundschaft geschlossen." Er bekam am Abend seiner Entlassung von dem Kommandeur sogar das Angebot, in Russland zu bleiben. Als Josef Zollner sich von dem Mann verabschiedete, gab ihm dieser noch ein paar Worte mit auf den Weg, die er auch nie mehr vergessen hat: „Wir sind als Feinde zusammengekommen, aber als Freund gehst du von mir."

Betr.: **Ihre Anfrage vom** ....

Wir können Ihnen die erfreuliche Mitteilung machen, daß wir die unten-
stehende Anschrift ermittelt haben:

Kgf. Josef Zollner

Udssr - Moskau

Rotes Kreuz - Postfach M.O. 1356

Wir nehmen an, daß Ihnen obige Anschrift noch unbekannt ist. ~~Den von Ihnen Gesuchten konnten wir noch~~
~~nicht ermitteln, gegebenenfalls erhalten Sie Bescheid.~~ — Bei Anschriftenänderung erbitten wir Mitteilung.
Die von uns durchzuführende große soziale Aufgabe, Millionen deutscher Frauen, Männer, Kinder und
Heimkehrer ihren Familien wiederzugeben, erfordert erhebliche Geldmittel. Suchanträge von Kindern
und Heimkehrern werden von uns kostenlos bearbeitet. Wir wollen noch vielen helfen!
~~Helfen Sie uns durch Überweisung einer Spende auf unser Postscheckkonto Berlin 1850-90.~~

Berlin W 8, den ......8. 7. .... 19 47

**Suchdienst für vermißte Deutsche in der
Sowjetischen Besatzungszone Deutschlands**

i. A. *Straub*

Formular 46/21. 50 000. 1. 47. 1401. Druck: Kupijai & Prochnow, Berlin W 35, Dennewitzstraße 3f

---

POSTKARTE

Herrn
Frau
Frl. ....

Alois Zollner

(13a) *Sattelbogen Nr. 02*

Kr. Cham / Bayern

**Suchdienst für vermißte Deutsche
in der
Sowjetischen Besatzungszone
Deutschlands**

BERLIN W 8 · KANONIERSTR. 35

Suchdienstkarte von Josef Zollner 1947

Osterglaube/Opferglaube

An der Front ist mein Platz, und wenn es mir noch so schwerfällt. Falle ich dort, was macht das! Morgen läuten die Glocken das Auferstehungsfest ein – welch eine Hoffnung! Sterben müssen wir alle einmal, und einen Tod, der ehrenvoller wäre als der auf dem Schlachtfelde in treuer Pflichterfüllung, gibt es nicht.

Evangelisches Feldgesangbuch 1939

Gefangene Russen 1942

Foto: Franz Xaver Mayer

ausgebrannte russische Stalinorgel

gefallen für Volk und Vaterland

Fotos: Franz Xaver Mayer

Max Schmidbauer 1945

(* 13.10.1925 † 29.8.2019)

So schnell wie möglich raus

Max Schmidbauer aus Höhhof, ein kleiner Ort im Landkreis Cham, verlor im Krieg zwei Brüder und erlebte auf dem Schlachtfeld den Wahnsinn des Kriegs.

Nur wenige Bilder sind Max Schmidbauer als Erinnerung an seine älteren Brüder Johann und Georg geblieben. Beide bezahlten im zweiten Weltkrieg an der Ostfront den Preis für Hitlers Größenwahn mit ihrem Leben. „Sie sind völlig sinnlos gestorben", sinniert der 88-Jährige traurig während des Interviews im Jahr 2014.

Der Höhhofer kennt nicht nur wegen dieser tragischen Verluste den Wahnsinn des Krieges, sondern erfuhr auch selbst als junger Soldat am eigenen Leib die dramatischen Ereignisse auf dem Schlachtfeld. „Es war die schwerste Zeit meines Lebens", meint er. Beinahe wäre er von der Hölle des Kriegs verschont geblieben, denn die schlimmen Todesnachrichten von seinen gefallenen Brüdern schreckten selbst die Verantwortlichen der Reichswehr auf. Um seiner Familie weiteren Kummer und Schmerz zu ersparen, wurde er vom Militärdienst zunächst zurückgestellt.

Im März 1945 erhielt der damals 19-jährige Max Schmidbauer wegen des Zusammenbruchs der westlichen Verteidigungslinie und der damit verbundenen Mobilisierung der Heimatfront schließlich doch noch den Einsatzbefehl. „Mich beschlich von Anfang an die Angst, noch in den letzten Tagen des Krieges umzukommen", gibt er offen zu. Da die Zeit drängte, wurde er in einer Kaserne bei Ansbach innerhalb weniger Tage zum Infanteristen ausgebildet und im Umgang mit dem Gewehr geschult. Von dort ging es sofort weiter an die Westfront.

Die alliierten Truppen rückten Stadt für Stadt und Dorf für Dorf unaufhaltsam ins Deutsche Reich vor. Der Übermacht konnten die Verteidiger nur wenig entgegensetzen. „Es war eine bittere Aufgabe, sich immer wieder dem Feind stellen zu müssen. Die Offiziere stürzten uns blind ins Verderben", weiß Max Schmidbauer im Gespräch zu berichten. Ohne Unterlass irrten sie orientierungslos zwischen den Artilleriesalven der Amerikaner und Briten umher und versuchten vergebens, mit ihren begrenzten Möglichkeiten deren Vormarsch zu stoppen. „Mal kämpften wir auf dem offenen Feld, dann wieder im Wald oder zwischen Häusern. Es ging ständig zwischen der Frontlinie und den festgelegten Sammelpunkten hin und her", erinnerte sich der Zeitzeuge, der als junger Mann im Tumult der nie enden wollenden Gefechte jegliches Gefühl für Zeit und Raum verloren hatte.

Besonders die Luftangriffe auf Fürth haben sich ihm dauerhaft ins Gedächtnis eingebrannt. „Wir hatten uns in dieser Nacht im Gebüsch vor der Stadt versteckt. Von dort beobachteten wir, wie die Flugzeuge über die Gebäude donnerten und die Brandbomben in den Fabriken einschlugen. Im Morgengrauen zogen wir durch die verwüstete Stadt", erzählt er durch die Erinnerungen innerlich aufgewühlt.

Bei einem blutigen Schusswechsel musste er später mit ansehen, wie seine Kameraden im gegnerischen Kugelhagel ums Leben kamen oder schwer verletzt wurden.

„So schnell wie möglich raus aus diesem Schlamassel", dachte er sich oft in seiner Todesangst. Für ihn war es kaum noch vorstellbar, dass alles zu einem guten Ende kommen könnte. Ein Erlebnis geht ihm bis heute nicht aus dem Kopf. Während eines Gefechts war er von seiner Truppe abgekommen und in die Hände der Waffen-SS geraten. „Für sie galt nur eine Parole: Siegen oder Fallen. Ein Leben war für sie nichts wert, egal ob Freund oder Feind. Sie kämpften bei militärisch fragwürdigen Unternehmungen bis zum bitteren Ende", berichtet der Zeitzeuge. Er wurde von den SS-Befehlshabern aufgefordert, sich ihnen anzuschließen, doch noch am selben Abend erfuhr er vom Standort seiner „Einheit Ansbach", welcher er sich schließlich wieder anschließen durfte. „Das wäre ein absolutes Himmelfahrtskommando gewesen. Ich hatte Glück, dass ich wieder zu meiner Truppe zurückfand, sinniert der Kriegsveteran.

Angesichts der desolaten Situation wich seine Einheit nach Wochen des Widerstands immer weiter vor dem amerikanischen Heer zurück, bis sie schließlich im April 1945 bei Coburg total erschöpft auf einem Bauernhof gestellt und entwaffnet wurden. Die G.I.s prügelten sie auf Trucks und transportierten sie in ein Zwischenlager bei Rottenburg. Dort wagte ein Gefangener in der Nacht trotz ihrer eindringlichen Appelle die Flucht. „Er wollte nicht auf uns hören. Kaum war er weg, hörten wir auch schon den Schuss", sagt Max Schmidbauer.

Bald darauf wurden sie in das Hauptlager in Ludwigshafen gefahren. Hier sollten die Gefangenen nun in Kleingruppen zusammengewürfelt und unter schlechtesten Bedingungen in Holzbaracken ihre Tage fristen. Nur ab und an gab es eine Handvoll zu essen. Die Insassen litten schrecklichen Hunger, hinzu kamen Ungeziefer und Dreck. Einige Männer waren so schwach, dass sie sich nicht mehr auf den Beinen halten konnten und einfach in sich zusammensackten. Um seine ausgezehrten Kameraden vor dem Hungertod zu bewahren, teilte Max Schmidbauer gutmütig seine karge Essensration mit ihnen.

Eine Überprüfung der Gefangenen bezüglich ihrer Haltung zu den Nazis überstand er in der Folge unbeschadet. Daher durfte er glücklicherweise bereits am 6. Juni 1945 das Lager verlassen. Gemeinsam mit einem Freund machte er sich zu Fuß auf den Heimweg. „Betteln war nicht erlaubt, aber die Menschen haben uns sehr geholfen. Sie steckten uns Essen zu und ließen uns trotz der Läuse bei ihnen schlafen", erzählte Max Schmidbauer. Querfeldein schlugen sie sich per Anhalter durch. Eine kurze Strecke legten sie sogar auf dem Kotflügel eines Lastwagens zurück.

Am 9. Juni 1945 konnten ihn seine Eltern in Höhhof wieder in die Arme schließen. Nachdem er sich von den Strapazen des Krieges und der Gefangenschaft einigermaßen erholt hatte, ging er langsam wieder seinem alltäglichen Leben nach, indem er auf dem heimischen Hof bei der Feldarbeit mithalf.

Am 9. Juni 1946 wurden bei ihm aber die Erinnerungen an die Kriegsgefangenschaft schlagartig wieder wach. An diesem Tag feierte Pfarrer Wolfgang Deml seine erste Messe in der Pfarrei Sattelbogen und Max Schmidbauer vermutete anhand der Stimme und der Gesten, dass es derselbe Priester war, der am Pfingstsonntag im Lager für die Gefangenen einen katholischen Gottesdienst abgehalten hatte. Sein Eindruck täuschte ihn nicht, wie es sich gleich beim ersten Gespräch zwischen ihm und dem Seelsorger herausstellen sollte. Beide blieben sich ein Leben lang freundschaftlich eng verbunden.

Dieser Pfarrer war es auch, der 1952 die Eheringe segnete, als Max Schmidbauer mit seiner Anna vor den Traualtar trat. Nach der Hochzeit führten beide in Höhhof mit viel Fleiß die Landwirtschaft seiner Eltern weiter. Aus der Ehe gingen drei Kinder hervor.

Obwohl sich für Max Schmidbauer im Leben vieles zum Guten gewendet hat, bedrückt ihn dieses traurige Kapitel Krieg und Gefangenschaft immer wieder von neuem. Selbst seiner Frau hatte er nur wenig von dieser Vergangenheit erzählt. Ein Foto, das auf dem Tisch vor ihm liegt, zeigt auch eine Szene aus glücklichen Kindertagen mit seinen Geschwistern. „Es ist schlimm, dass sie so früh sterben mussten", meint Anna Schmidbauer mitfühlend. Sie kann über den Irrsinn jener Zeit nur den Kopf schütteln. „Der Krieg hat so viel Leid und Zerstörung gebracht. So etwas darf nie wieder passieren!"

Max und Anna Schmidbauer 2014

Max Wagner 1943
(* 26.1.1924   † 1.6.2019)

Eine Kugel verfehlte ihn

Der Kriegsveteran Max Wagner kämpfte in Skandinavien und verbrachte drei Jahre in französischer Gefangenschaft

Max Wagner aus Untergoßzell in der Oberpfalz ist ein frommer und gottesfürchtiger Mann. Den Wallfahrtsort Altötting mit der berühmten Gnadenkapelle hat er Zeit seines Lebens nie betreten. Schuld daran war ein Gelübde, das er 1945 mit seinen Kameraden in der Kriegsgefangenschaft ablegte: „Müssen wir drei Monate im französischen Arbeitslager bleiben, gehen wir nach Altötting. Kommen wir nach einem Jahr frei, fahren wir nach Altötting. Dauert es länger, dann werden wir dem Ort für immer fernbleiben."

Letztendlich blieb er drei Jahre in Gewahrsam der Franzosen und obwohl Max Wagner wohlbehalten in die Heimat zurückkehrte, hat er bis an sein Lebensende diesen Eid nicht gebrochen. „Da bleibe ich mir treu", lacht der rüstige Senior, der sich 2014 im Gespräch trotz seines hohen Alters noch an sehr viele Details aus seiner Kriegszeit erinnern kann. So weiß er noch ganz genau, wie es war, als er am 12. Dezember 1942 seinen Dienst bei der Wehrmacht antrat.

Seine Brüder Josef und Ludwig kämpften zu dieser Zeit in Polen. Daher war der Stellungsbefehl für ihn auch keine große Überraschung mehr. „Ich hatte mich schon darauf eingestellt", erklärt er. Von Straubing aus ging es mit dem Zug nach Jugoslawien, wo der damals 18-Jährige in den darauffolgenden sechs Monaten zum Gebirgsjäger ausgebildet wurde. Der Fronteinsatz führte ihn nach Nordfinnland auf die Fischerhalbinsel. Ab 1942 plante die deutsche Wehrmacht hier mit dem Unternehmen Wiesengrund eine Landung hinter den sowjetischen Stellungen am Nordmeer. Der Plan wurde 1944 wieder aufgegeben. In dieser Eiswüste lieferte sich die Wehrmacht bereits seit einem Jahr mit der Sowjetunion einen erbitterten Stellungskrieg.

„Es war eiskalt. Es hat fürchterlich geschneit", erinnert sich der Zeitzeuge. Rund um die Uhr belauerten sich die verfeindeten Truppen. Lediglich 200 Meter lagen die Frontlinien voneinander entfernt. „Bei der kleinsten Regung eröffneten die Russen das Feuer auf uns. Wir schossen dann zurück. Man musste geschickt taktieren, um die Stellung zu halten."

Besonders ein Tag aus dieser Zeit erscheint ihm immer wieder vor seinem geistigen Auge. Als seine Gruppe mit Schneeschaufeln beschäftigt war, erlaubte sich Max Wagner – von jeher ein Schelm – einen Scherz. Er bewarf seine Kameraden mit Schneebällen. „Lass das! Die tun verdammt weh", schrie ihn einer an. Und als Max sich zu ihm drehte, sah er mit Entsetzen, wie dieser mit einem schmerzverzerrten Gesicht zusammenbrach. Blut quoll aus seinem Bauch. Erst da begriffen alle, dass ein russischer Wachposten sie bemerkt und einen Schuss auf ihren Schützengraben abgegeben hatte. Der Querschläger war von der Wand abgeprallt und erwischte den Soldaten neben ihm, der das Projektil zunächst für einen Schneeball hielt. Der Schwerverletzte wurde sofort in ein Lazarett gebracht. Max Wagner hat ihn nie wieder gesehen. Er hat auch nie erfahren, ob dieser Kamerad den Einschuss überlebt hatte. „Ich hatte unglaublichen Dusel, die Kugel verfehlte mich nur um Haaresbreite", schilderte der Zeitzeuge die gefährlichsten Sekunden seines Lebens.

Das Glück war ihm auch im September 1944 hold, als die Rote Armee die deutsche Bunkerlinie überrannte. Zu dieser Zeit hielt er sich in Norwegen auf, wo er Rösser für die Versorgungstrasse abholen sollte. Nachdem die Russen die Frontlinie durchgebrochen hatten, wurde Max Wagner auf ein Kriegsschiff, das im Nordkap patrouillierte, abkommandiert.

1944 musste er schon zum dritten Mal Heiligabend in der Ferne verbringen. „Eine Kriegsweihnacht auf dem Schiff oder im Bunker war besonders trostlos. Keine Festtagsstimmung, keine Familie, kein Fest des Friedens", erinnert er sich und gesteht, dass er gerade in der stillen Zeit noch oft an den Krieg zurückdenkt.

Im Eis Norwegens erhielt seine Truppe im Frühjahr 1945 den Befehl zum Rückzug nach Narvik, einer Stadt nördlich des Polarkreises. Mehrere Wochen marschierten sie über freies Gelände, bis sie am 8. Mai die Nachricht von der bedingungslosen Kapitulation Deutschlands erreichte. Erschöpft von dem Gewaltmarsch schleppten sie sich weiter, doch bereits vor dem Ziel wurden sie von den Briten aufgelesen und in ein Gefangenenlager gebracht.

„Die Engländer haben uns gut behandelt. Wir spielten sogar gegen sie Fußball", sagt der Kriegsveteran. Auf einem Schiff und im Zug ging es für die Gefangenen schließlich Richtung Heimat. In Frankfurt am Main wurden sie an die Amerikaner übergeben. „Viele dachten schon, jetzt geht es nach Hause, aber mir war schon klar, dass das nichts wird", erzählt Max Wagner. Am Frankfurter Bahnhof herrschte ein Riesentrubel. Die Amerikaner waren mit den vielen Landsern, die aus allen Himmelsrichtungen herangeschafft wurden, sichtlich überfordert. Trotzdem wagte niemand einen Fluchtversuch. „Wo hätte man hinsollen? Keiner wusste, wie das wohl ausgehen würde."

Schließlich kam die Anweisung, dass sich alle in einer Marschkolonne aufzustellen hätten. Ein endlos langer Zug von Soldaten setzte sich in Bewegung. Begleitet von bewaffneten Soldaten führte der Weg der Kolonne nach Bingen und dann weiter in ein Lager bei Bretzenheim. Mit vielen tausenden Gefangenen wurden sie dort auf einer offenen Wiese wie Vieh zusammengehalten. Die Zustände waren katastrophal und Max Wagners Enttäuschung über den Umgang der Amerikaner mit den Gefangenen war entsprechend groß. „Wir bekamen die ersten acht Tage nichts zu essen. Danach gab es nur Suppe. Wir hatten schrecklichen Hunger." Die Männer wurden immer schwächer und täglich krepierten einige unter den miserablen Zuständen.

Für die Notdurft der Insassen hatten die Amerikaner nur lange Latrinengruben ausgehoben. „Durch die schlechte Versorgung waren einige Soldaten so schwach, dass sie das Gleichgewicht nicht halten konnten und in die Grube hineinstürzten", denkt er zurück. Der Boden hatte sich durch das Getrampel der Menschen und den Regen regelrecht in eine Schlammwüste verwandelt. Zum Schutz gegen Wind und Wetter buddelte sich Max Wagner mit seinem Kochgeschirr wie viele andere Gefangene ein Erdloch.

Zwei Monate musste er in diesem Lager ausharren, bis er schließlich den Befehl zum Arbeitseinsatz in Frankreich erhielt. Er wurde mutlos und begann an einer möglichen Freilassung zu zweifeln, sodass er schließlich das Gelübde für die Wallfahrt zur Schwarzen Madonna nach Altötting ablegte. Mit vielen Kameraden schuftete er zunächst in den Wäldern von Chartres, einer Kleinstadt südwestlich von Paris.

Nach ein paar Monaten war er von der harten Holzarbeit völlig entkräftet und so suchte er in seiner Not im Mai 1946 den Lagerarzt auf. Dieser stammte zufälligerweise aus seiner Heimat, aus Roding. So war es nicht allzu schwer, den Mediziner im Gespräch auf seine Seite zu bringen, um die schlimme Lage etwas verbessern zu können. „Er verordnete mir leichtere Arbeit und so wurde ich auf einen Flugplatz abkommandiert", berichtet Max Wagner schmunzelnd. Der Drill dort gefiel ihm aber ganz und gar nicht. Daher meldete er sich kurz darauf freiwillig als Hilfskraft auf einem Bauernhof. Mit vier weiteren Kameraden rackerte er bald darauf auf den Feldern vor Paris. „Die Bäuerin konnte die Deutschen nicht ausstehen. Die Verpflegung war aber in Ordnung. Wir konnten ein halbwegs normales Leben führen", weiß Max Wagner. Obwohl sie auf dem Anwesen völlig unbewacht waren, verschwendete er keinen Gedanken daran, heimlich stiften zu gehen. „Ich habe immer auf eine Freilassung gehofft."

Am 16. September 1948 wurde er schließlich in die Heimat entlassen. Mit dem Zug reiste er nach Deutschland und nach einigen Umwegen kam er bei seiner Familie in Untergoßzell an, wo er auch seine beiden Brüder wieder in die Arme schließen konnte. „Ich war unglaublich froh wieder daheim zu sein", schildert Max Wagner diesen Moment. Die Heimkehr wurde noch am gleichen Tag beim „Goßzeller Kirta" begossen.

Trotz der sechsjährigen Abwesenheit schlug er in seiner alten Heimat schnell neue Wurzeln. Er übernahm die Landwirtschaft seiner Eltern. Im Jahr 1953 heiratete er dann seine Maria. „Gleich nach meiner Rückkehr habe ich mich in sie verguckt", gibt er zu. Aus der erfüllten Ehe gingen vier Kinder hervor.

„Ich musste als junger Mann in den Krieg und habe viel mitgemacht. Ich danke aber Gott, dass ich noch immer am Leben bin", sinniert er rückblickend. Zu einem Ausflug oder gar zu einer Wallfahrt nach Altötting aber konnte ihn selbst sein Neffe Georg Bäuml, ein geschätzter Militärpfarrer, bis an sein Lebensende nicht bewegen.

Max Wagner 2014

Winter in Russland 1942

Gefangene Russen 1942

Fotos: Franz Xaver Mayer

Xaver Obermeiers Kameraden 1944

Xaver Obermeier 2014

(* 19.7.1927   † 28.12.2017)

Hotel Fritz Ritz

Xaver Obermeier aus Loifling schuftete als Kriegsgefangener vier Jahre lang in den USA und in Frankreich.

„So etwas wünsche ich niemanden", sagt Xaver Obermeier aus Loifling 2014 im Interview. Für den Zeitzeugen dauerte der Krieg auf dem Schlachtfeld nur wenige Wochen, doch in den Fängen der alliierten Siegermächte saß er noch jahrelang als Kriegsgefangener auf US-Territorium und in Frankreich fest.

Bereits im Alter von 16 Jahren erhielt Xaver Obermeier 1944 noch vor Heiligabend die Einberufung zur Wehrmacht. Die Stimmung in seiner Familie war entsprechend getrübt, denn zu diesem Zeitpunkt war sein Bruder Max bereits in Russland gefallen. „Es gab keinen Ausweg. Jeder war früher oder später dran", meint der Veteran.

Schweren Herzens trat er im 9. Januar 1945 in Würzburg seine dreimonatige Ausbildung für das Heeres-Flakartillerie-Regiment an. „Die vielen Zielübungen mit dem schweren Geschütz hätten wir uns wirklich sparen können, denn zum Schießen kamen wir überhaupt nicht mehr", erklärt Obermeier in Anspielung auf die darauffolgenden Ereignisse an der Front. Die Befehlshaber versetzten ihn Anfang April 1945 nach Wiesthal bei Aschaffenburg, wo er mit seiner Einheit in einem Schützenbunker versuchte, die tief im Landesinneren stehenden Amerikaner in Schach zu halten. Ein unmögliches Unterfangen, wie sich schon bald herausstellen sollte.

Die anrückenden Heeresverbände attackierten sie tagelang mit Mörsern und Granaten. Angst und Panik begleiteten die Bombardements. Einige Kameraden wurden durch Metallsplitter der explodierenden Geschosse schwer verwundet. Die

Überlegenheit des Feindes war erdrückend und sie ahnten, dass sie nicht mehr lange durchhalten würden. Sie kauerten mit verrußten Gesichtern im Bunker eng zusammen und versuchten nur noch, so gut wie möglich über die Runden zu kommen. „Ein idealer Treffer hätte faktisch die gesamte Mannschaft ausgelöscht. Daher hielt immer nur ein Teil von uns die Stellung, alle anderen schickte der Feldwebel in den angrenzenden Wald zum Ausruhen", beschreibt Xaver Obermeier die kritische Lage.

Ganz besonders ist ihm der verhängnisvolle 16. April 1945, der Tag seiner Gefangennahme, im Gedächtnis hängengeblieben. Völlig erschöpft von den nächtlichen Angriffen suchte er mit einem Kameraden im nahe gelegenen Forst Zuflucht, wo sie sich auf den Boden legten und zur Tarnung mit Zweigen bedeckten. „Ich war völlig am Ende und bin sofort eingenickt", erinnert sich der Zeitzeuge. Als er für ein kurzes Innehalten in den Kriegswirren seine Augen schloss, wusste er noch nicht, dass sich bereits zwei schwarze G.I.s mit Gewehren bewaffnet dem Gefechtsstand genähert hatten. Sie entdeckten die schlummernden Landser in ihrem Versteck und zerrten sie mit lauten „Hands up"-Rufen aus dem Geäst. „Wir konnten uns nicht wehren. Sie hatten uns überrascht", sagt Xaver Obermeier.

Die Amerikaner verschleppten sie in einen alten Bierkeller, in dem schon annähernd 300 Gefangene festsaßen. Von dort aus wurden alle auf Trucks in ein Lager bei Worms transportiert, in dem sie unter menschenunwürdigen Bedingungen ausharren mussten. Der Loiflinger schätzt rückblickend, dass sich höchstwahrscheinlich bis zu 40.000 Männer auf dem umzäunten Freigelände befanden. „Soweit das Auge reichte, waren nur Soldaten zu sehen. Wir hatten großen Hunger, bekamen aber nur ab und an ein wenig Brot und Wasser." So verstrich mühsam eine unendlich lange Woche. Eines Tages trieben die Amerikaner alle Jugendlichen unter den Häftlingen zusammen. Xaver Obermeier war mit dabei. Die jungen Soldaten wurden von den Amis zu einem Inlandshafen gebracht. „Irgendwo müssen sie uns ja wieder rauslassen", sagte er noch flapsig zu einem seiner Mitgefangenen, als sie an Bord eines mächtigen Frachters eingeschifft wurden.

Nach mehreren Tagen unter Deck sickerte die Nachricht durch, dass der Zielhafen New York sei. „Damit hatte wirklich niemand von uns gerechnet. Wir waren fassungslos." Nach drei Wochen auf hoher See betrat er in den USA erstmals wieder festen Boden. In einem Camp wurden die jungen Deutschen gewaschen, entlaust und mit einer dürftigen Kluft ausgestattet.

Ihr Weg führte nun weiter nach Baltimore, wo sie in bewachten alten Baracken Quartier bezogen. Der Krieg in Europa hatte Amerikas Arbeitskräftemangel verschärft und die ins Land geholten Männer sollten nun die Lücken schließen. In vielen Gegenden der USA entstanden daher solche Gefangenenlager, die in Anspielung auf den deutschen Spitznamen Fritz und das Pariser Luxus-Hotel Ritz von den Amerikanern spöttisch auch „Fritz Ritz" bezeichnet wurden.

Die Unterkünfte aber waren alles andere als luxuriös. „Die Verpflegung war gerade ausreichend. Jeder hatte für sich auf dem Boden eine Matratze zum Schlafen. Wir waren aber froh darum." Schon bald folgten die ersten Arbeitseinsätze. Xaver Obermeier wurde zunächst auf einen Schrottplatz abkommandiert, wo er an der Seite mehrerer Leidensgenossen in beschwerlicher Kleinarbeit mit der Blechschere ausgedientes militärisches Material zerlegen musste. „Das waren alles prima Kerle. Keiner ließ den Kopf hängen. Die Kameradschaft hat diese Zeit für mich ein wenig erträglicher gemacht", weiß er über seine Mitgefangenen zu berichten.

Als im Spätsommer die Ernte anstand, verlegten die Aufseher die Truppe in eine Konservenfabrik. Drei Monate lang entluden die Burschen aus den ankommenden Trucks die Obstkisten und schleppten sie ins Lager zur Weiterverarbeitung. Den Winter über sortierten sie dann abermals Schrott. Xaver Obermeier hatte längst die Hoffnung auf eine Heimkehr aufgegeben, da wurden die deutschen Gefangenen im April 1946 auf ein Militärschiff verfrachtet. „Viele dachten schon, jetzt geht es nach Hause, mir aber schwante schon Böses." Und er sollte Recht behalten, denn der Kapitän steuerte nicht einen Heimathafen, sondern die französische Kleinstadt Sedan an.

In einer Marschkolonne wurden die Gefangenen von dort aus in ein Lager getrieben. Die Zustände dort waren katastrophal. Annährend 4000 Mann wurden auf einer freien Wiese wie Tiere zusammengehalten. Die Verpflegung war miserabel. Die Schlafplätze befanden sich in ausgehobenen Gräben, über die eine Plane gespannt war. Es gab nur zwei Optionen: „Im Lager erbärmlich krepieren oder raus zum Arbeiten."

Nach zwei Wochen meldete sich Xaver Obermeier bei der erstbesten Gelegenheit freiwillig als Hilfskraft für den Einsatz auf einem großen Bauernhof. Gemeinsam mit vier weiteren Gefangenen schuftete er über zwei Jahre auf den Feldern und kümmerte sich um das Vieh. Selbst im Herbst 1947 war kein Ende der Gefangenschaft und Ausbeutung in Sicht und daher schmiedete er mit seinen Kumpanen heimlich einen Fluchtplan.

Unbemerkt schlichen sie sich in der Finsternis vom Gut. „Nur ein Rumäne, der mit der Wehrmacht gekämpft hatte, blieb zurück, denn er wusste nicht, wohin er gehen sollte." Vier Tage und Nächte liefen sie querfeldein der Heimat entgegen. Das Glück aber hatte sie auf ihrem Weg gänzlich verlassen. In den Wäldern der belgischen Stadt Avalon wurden sie von Wildschweinjägern gestellt, die sie wiederum an die Alliierten auslieferten. „Es war einfach nur noch frustrierend", meint Xaver Obermeier.

Er harrte weitere 14 Tage in einem Lager aus, bis er schließlich bei einem Bauern in der Nähe von Metz unterkam. Dort schuftete er noch annähernd ein weiteres Jahr. Im Dezember 1948 erhielt er schließlich die Nachricht von seiner Freilassung. Zunächst fuhr er mit einem Zug nach Tuttlingen am Bodensee, wo ihm Beamte die offiziellen Entlassungspapiere und 50 Mark in bar für die Weiterreise aushändigten. „Das ganze Geld ging fast schon wieder für die Bahnfahrkarten bis nach Cham drauf", erklärt Xaver Obermeier. Als er endlich am Bahnhof Cham eintraf, wartete schon sein Vater auf ihn, der ihn erstmals nach vier Jahren wieder in die Arme schloss.

Auch nach seiner Heimkehr führte Obermeier ein arbeitsreiches Leben. Zunächst half er in der Landwirtschaft einer kinderlosen Witwe mit, die ihm als Dank für diese Unterstützung das Anwesen vermachte. Im Jahr 1953 heiratete er seine Anna. Das Paar führte mit viel Eifer den Bauernhof weiter. Nebenbei war der tüchtige Mann noch als Maurer tätig. Ein Sohn und zwei Töchter gingen aus der Ehe hervor.

„Der Krieg hat mir meine Jugend gestohlen", klagt Obermeier im Gespräch zu Recht. Trotzdem hat er seine Vergangenheit angenommen und sich mit den bekümmernden Erlebnissen abgefunden. „Ich darf dem Herrgott danken, dass ich noch am Leben bin", sagt er. „Leider kamen viele nicht so glimpflich wie ich davon."

Karl Frank 1944

Glück im Unglück

Karl Frank erblickte am 3. April 1926 in Wörth an der Donau das Licht der Welt. Im April 1937 kam er als Sänger zu den Regensburger Domspatzen.

Im März 1943 wird er als Luftwaffenhelfer zur Flakstellung Regensburg-Weichs abkommandiert. Mitte Juli 1943 muss er für vier Wochen in das von der Waffen-SS errichtete Wehrertüchtigungslager Eschenbach in der Oberpfalz, wo die jungen Männer als künftige Rekruten mit unerbittlicher Härte und menschenunwürdigen Maßnahmen eine vormilitärische Ausbildung erfahren. Zeitgleich werden sie tagtäglich durch Vorträge, Appelle mit Fahnenhissen und Feierstunden mit Huldigungen des Führers politisch eingeschworen. Es herrscht eine totale Ausgangssperre.

Ein Jahr später, im März 1944, wird Karl Frank zum Reichsarbeitsdienst in Pfronten-Ried im Allgäu eingezogen. Er hat gerade die siebte Klasse des Gymnasiums abgeschlossen. Zum Abitur, das damals mit der achten Klasse abgelegt werden konnte, fehlt ihm nur noch ein Jahr. Beim Arbeitsdienst wird er unter anderem wie im Wehrertüchtigungslager wieder im Gebrauch von Handwaffen ausgebildet. Fast drei Wochen lang ist seine Abteilung in Augsburg nach einem sehr schweren Bombenangriff zu Aufräum- und Reparaturarbeiten im Einsatz. Mit Ausnahme des Ostersonntags sind er und seine Kameraden beschäftigt, mit Pickel und Schaufel Straßendecken aufzureißen, um beschädigte Gasleitungen freizulegen. Eine harte Arbeit für ungeübte Hände!

Soweit man von Glück im Krieg überhaupt sprechen kann, hatte Karl Frank gewiss ein solches. Das vorzeitige Ende der

Schulausbildung mit einem „Reifevermerk" kam einem Abiturientenstatus gleich. Und das war wiederum Ausgangspunkt für eine Laufbahn als Reserveoffizier. Die Bewerbung dazu war während des Krieges wegen der hohen Verluste für Rekruten mit gymnasialer Schulausbildung zur Regel geworden, ob man wollte oder nicht.

Mit achtzehn Jahren wurde Karl zu Artillerie nach Pilsen beordert. Dort konnte man, so man Lebensmittelmarken besaß, im Gegensatz zur Heimat, wo absoluter Mangel an allem herrschte, immer noch recht gut essen und trinken.

Statt wie vorgesehen ab Oktober an die Front, wird er am Ende seiner Rekrutenzeit überraschend nach Nürnberg zu einem Offizierslehrgang gerufen. Er erlebte schwerste Bombenangriffe auf die Stadt und die Kasernen. Als am 2. Januar 1945 Nürnbergs Innenstadt total niederbrannte, wobei eintausendachthundert Menschen ihr Leben ließen, musste seine Einheit eine Woche lang teilweise unter Lebensgefahr löschen, Tote und Schwerverletzte bergen, Trümmer und Schutt beseitigen sowie für Schutz vor Plünderern sorgen.

Nach seiner Offiziersschulung in Nürnberg kommt Karl Frank wider Erwarten zurück nach Pilsen. Er wird zur Verteidigung der Stadt eingesetzt, das heißt, er wird im April 1945 im Rahmen der Panzer Abwehr zum Geschützführer ernannt. Ihm werden vier junge Rekruten zugeteilt. Eine kleine tschechische Kanone, Baujahr 1935, ist ihre Waffe und als solche für ihren Auftrag völlig ungeeignet. Karl Frank und seine Mannschaft waren an der Feldhaubitze 10,5 ausgebildet worden. Das tschechische Gerät kennen sie nicht einmal. Der gewünschte Austausch der Waffe wird ihnen versagt. Befehl ist Befehl!

Die auf freiem Feld am westlichen Stadtrand errichtete Stellung befindet sich neben der Straße, die zu den etwa dreihundert Meter entfernt angrenzenden Skoda-Werken führt. Ein

Oberleutnant, der die Lage überprüft, sagt zu Karl Frank: „Sie wissen ja, dass dies hier ein Himmelfahrtskommando ist!" Damit meinte der Offizier die ständige große Gefahr eines tödlichen JaBo-Angriffs (Jagdbomber) und die Übermacht der gegnerischen Panzer.

Am 25. April 1945 greift gegen Mittag die US Air Force mit 189 „Fliegenden Festungen" die zu den größten Waffenfabriken Europas zählenden Skoda-Werke an. Weitestgehend ungeschützt, nur in zwei kleinen selbst gebuddelten Gräben Deckung suchend, ist die Geschützmannschaft Fehlwürfen gnadenlos ausgesetzt. Bomben explodieren in ihrer unmittelbaren Nähe.

Während einer kurzen Unterbrechung des Bombenhagels stürmen drei Kameraden auf und davon, um Amerikaner gefangen zu nehmen, die mit dem Fallschirm aus ihrem brennenden Flugzeug abspringen. Vergeblich ruft Karl Frank die drei zur Aufgabe dieses sinnlosen Vorhabens zurück, denn sie sind, anders als wahrscheinlich die abspringenden Flieger, ohne Waffen. Sie kehren nicht zurück. Niemand weiß, was aus ihnen geworden ist. Der vierte Kamerad liegt an den Beinen von Bombensplittern schwer verletzt am Boden. Die stark beschädigte Kanone ist aus ihrer Verankerung gerissen.

Als es Stabbrandbomben bündelweise niederregnet, sucht Karl Frank in einem Graben Schutz vor den Stichflammen. Wie durch ein Wunder überlebt er diesen letzten Luftangriff der Amerikaner im Zweiten Weltkrieg.

Der Nachfolger Präsident Roosevelts, Truman, und auch Churchill hatten den Oberbefehlshaber der Westalliierten, General Eisenhower, angewiesen, die Skoda-Werke mit einem Bombenangriff völlig zu zerstören, damit die Russen nicht in den Besitz dieser bedeutenden Waffenfabrik gelangen sollten.

Karl Frank schleppt sich zurück in die Kaserne. Er berichtet über das Geschehen und muss sich rechtfertigen, warum er das Geschütz und die Kiste mit den Granaten verlassen habe. Der verletzte Jung-Kanonier kann die Kasernen nur mühsam erreichen. Er wird in ein Lazarett gebracht. Die drei verbotenerweise davon gerannten, blutjungen Kameraden gelten als vermisst. Sie waren wahrscheinlich in einen der Bombenteppiche geraten und getötet worden.

Vier Tage später erhalten Karl Frank und drei Kameraden aus seinem ehemaligen Lehrgang einen Marschbefehl in das von den Russen fast schon eingenommene Mährisch-Ostrau. Als sie sich pflichtgemäß am 30. April 1945 in der Frontleitstelle Prag melden, wird ihnen mitgeteilt, dass es ab sofort keine Verkehrsverbindungen mehr Richtung Osten gibt. Er ahnt noch nicht, dass er damit die Chance bekommt, den Krieg zu überleben und einer russischen Gefangenschaft zu entkommen.

Er wurde mit seinen drei Kameraden auf den Weg von Prag nach Karlsbad geschickt. Der wahrscheinlich letzte Zug sollte anderntags zur Mittagszeit abfahren. In einem hauptsächlich von Frauen, Kindern und alten Menschen dicht gefüllten Wehrmachtsheim findet Karl Frank ein Notquartier. Man hatte das Mobiliar entfernt. Es herrscht in diesem allzu kleinen Zufluchtssaal totale Panik. Verzweifelte Mütter, nach Nahrung schreiende Säuglinge und Kleinkinder, weinende alte Menschen bestimmen die Szene.

Am nächsten Tag, am 1. Mai 1945, verlässt nach bangem Hoffen um 13:00 Uhr der letzte, völlig überladene Zug den Prager Bahnhof in Richtung Karlsbad. Bei einem Halt an einem Landbahnhof versuchen mehrere tschechische Jugendliche, den Zug zu stürmen. Sie werden durch Warnschüsse von Wehrmachtsangehörigen vertrieben. Schon bald darauf hält der Zug wieder an. Ende der Fahrt. Die Überführung eines Baches war gesprengt worden. Chaos bricht aus. Die Menschen versuchen ihre Flucht in den Westen zu Fuß fortzusetzen.

Karl Frank und seine Kameraden erreichen nach einem Gewaltmarsch bis zum späten Abend schließlich die Stadt Saaz im Nordwesten der Tschechei. In der kleinen Bahnhofshalle liegen Soldaten, Flakhelferinnen, Rotkreuzschwestern und viele andere Menschen erschöpft auf dem Boden, um sich auszuruhen. Da stürmt ein Kamerad herein und ruft aus voller Brust: „Der Führer ist gefallen!"

Man schickt die Wartenden nach Karlsbad, das teils zu Fuß, streckenweise aber auch mit der Bahn erreicht wird. In einer Gaststätte trifft Karl Frank auf zwölf Soldaten, die von Kettenhunden als Deserteure festgehalten werden, weil sie ihre Einheit verlassen hatten. Es sind Matrosen, Pioniere, Kanoniere, Flieger und andere Männer aus fast allen Kriegsgebieten, die meist einen langen und beschwerlichen Weg hinter sich gebracht hatten. Sie flehen um ihr Leben. Karl Frank kann zum Glück anhand seiner Marschpapiere nachweisen, kein Deserteur zu sein, und sich so vor einem drohenden Standgericht retten.

Im Erzgebirge gerät er in amerikanische Gefangenschaft. Es gab damals keine Unterkünfte für die 36.000 gefangenen deutschen Soldaten. Sie waren in der Nähe von Plauen über vier Wochen gnadenlos Wind und Wetter ausgesetzt, ohne ein Dach über dem Kopf. Nur die Sonne konnte die häufig bis auf die Haut vom Regen durchnässte Kleidung trocknen. Viele wurden krank.

Im Juni 1945 wurde Karl Frank mit all den anderen noch überlebenden Gefangenen unerwartet schnell freigelassen, da die Amerikaner, ehe sie das Gebiet den Russen übergaben, die Gefangenen zu deren Glück loswerden wollten. Auf Lastwagen bringt man die Gefangenen vom Lager nach Plauen, wo einem jeden ein Entlassungsschein ausgestellt wird.

Karl Frank erhielt seine Entlassungspapiere am 2. Juni 1945. Am Abend des 5. Juni kommt er völlig erschöpft in Regensburg an. Da nach 20 Uhr für die Bürger striktes Ausgangsverbot gilt, kann dieser nicht mehr weiter nach Wörth zu seinem Elternhaus fahren. Er klopft an die Pforte der damaligen Dompräbende der Regensburger Domspatzen in der Orleansstraße, wo er bereits als Schüler untergebracht war, und bittet um Nachtquartier. Domkapellmeister Theobald Schrems nimmt ihn gerne auf; denn er braucht einen Präfekten und einen guten Sänger bei den Männerstimmen. Karl Frank sang als Bariton einen satten Ersten Bass. Als Salär bietet ihm sein Herr und Meister 10 RM pro Monat bei Unterkunft und Verpflegung an. Zunächst aber schickt ihn der Kapellmeister nach Hause, um sich etwas erholen zu können.

Nach einem vierstündigen Marsch erreicht Karl Frank völlig erschöpft sein Elternhaus. Sein Vater, damals 47 Jahre alt, war noch in Gefangenschaft, und zwar in dem berüchtigten Lager der Amerikaner in Bad Kreuznach.

Karl Frank wurde Lehrer und war die letzten 18 Jahre seiner Lehrertätigkeit stellvertretender Direktor am Werner-Siemens-Gymnasium in Regensburg. Er war 60 Jahre verheiratet und hat zwei Kinder, einen Sohn und eine Tochter. Seine Frau starb mit 83 Jahren. Karl war damals 90 Jahre alt. Er hatte sie vier Jahre lang Tag und Nacht liebevoll versorgt und gepflegt.

2021 feiert Karl Frank seinen 95. Geburtstag bei bester geistiger und körperlicher Gesundheit.

Karl Frank 2020

Rekrut Siegfried Lintl 1942

Gefangen in Sibirien

Siegfried Lintl erlebte als junger Mann die Hölle eines sibirischen Gefangenenlagers.

Am 28. Februar 1922 wurde Siegfried Lintl in Schwarzenfeld geboren. Sein Vater wurde als Polizist nach Neualbenreuth, einem Markt im Osten des oberpfälzischen Landkreises Tirschenreuth, versetzt. So kam Siegfried dort in die Volksschule. Er besuchte dann das Alte Gymnasium in Regensburg. 1941, bereits drei Tage nach dem Abitur, wurde er zum Reichsarbeitsdienst einberufen. Bald schon kam er als Soldat nach Russland.

Als junger Kaplan in Burglengenfeld schrieb Siegfried Lintl 1953 seine Erinnerungen an seine Gefangennahme bei Sewastopol auf der Krim, an die russische Gefangenschaft und seine Entlassung 1949 auf:

Ich war Leutnant der 98. Infanteriedivision bei der 3. Batterie des Artillerieregimentes 198. Am 12.Mai 1944 geriet ich in Sewastopol in russische Gefangenschaft.

Was ich hier niederschreibe, basiert auf meinen Tagebuchaufzeichnungen, die ich sofort nach meiner Entlassung niederschrieb. Sie entsprechen der Wahrheit.

Ostern 1944. Russische Panzer stoßen über Perekop nach Simferopol vor und drohen alle im östlichen Teil der Krim liegenden Divisionen abzuschneiden. Der Oberbefehlshaber der 17. Armee, Erwin Jaenneke, telefoniert mit dem Führerhauptquartier und soll dort von Kurt Zeitzler die Antwort erhalten haben: „Hitler schläft jetzt, ich kann ihn nicht wecken wegen dieser Sache."

Erwin Jaenneke begann daraufhin selbständig zu handeln und befahl den Rückzug auf Sewastopol. Diese Räumung hatte auch tatsächlich den Anschein der Planmäßigkeit. Schließlich hatte er ja mit denselben Soldaten bereits den Kuban-Brückenkopf mustergültig geräumt.

Wir kamen von Kertsch gut in Sewastopol an und bildeten einen Ring um die Stadt. Da kam am 20. April 1944 ein Führerbefehl: „Sewastopol ist eine Festung. Sewastopol wird gehalten. Die ganze Welt schaut auf euch!"

Erwin Jaenneke wurde abgesetzt und General Karl Allmendinger wurde im Führerhauptquartier davon überzeugt, die Krim unbedingt zu halten.

Die Russen vollzogen in dieser Zeit einen ungeheuren Artillerieaufmarsch, begannen zu trommeln und schossen buchstäblich die Gräben eben. Die eingesetzten Infanteristen hatten ungeheure Verluste zu vermelden.

Am 6. Mai 1944 warf der Russe uns in die 2. Linie und am 9. Mai in die 3. Linie zurück, die zur Verteidigung von Sewastopol angelegt worden war. Bis zum 10. Mai 1944 wurden immer noch neue Leute auf die Krim eingeflogen.

Tausende von Verwundeten lagen in den Kasematten und Ortschaften. Kein Flugzeug kam zur Entlastung. Man transportierte in diesen Tagen lediglich russische Hilfswillige, Hiwi genannt, rumänische Soldaten, einige hundert wertvolle Pferde und wertvolles optisches und funktechnisches Gerät ab.

Von den 110.000 Pferden, die wir auf der Krim hatten, – es waren auf der Krim 110.000 Pferde und 220.000 Soldaten – wurden die meisten an der Steilküste des Schwarzen Meeres erschossen. Ihre Kadaver verbreiteten einen pestartigen süßlichen Geruch in der ganzen Gegend.

Am 11. Mai 1944 kam endlich der Befehl: „Wir setzen uns heute ab zur Küste. Dort erwarten uns deutsche, rumänische und bulgarische Schiffseinheiten. Eine ganze Luftflotte wird uns unterstützen."

General Allmendinger wurde leicht verwundet und fuhr um 17:30 Uhr mit seinem Generalsgremium in einem Schnellboot davon. Soldaten sollen hinter dem Boot nachgeschossen haben.

Ich führte eine Nachteinheit und kam gegen 22 Uhr an den befohlenen Anlegeplatz. Es war eine Marinefährpräme da, die 400 Mann aufnahm, um sie zu den auf dem Schwarzen Meer wartenden Schiffen zu bringen. Mir wurde gesagt, ich wäre mit der nächsten Präme an der Reihe. Das war jedoch die letzte.

Um 3 Uhr früh setzte plötzlich ein furchtbares russisches Trommelfeuer ein, das bis 5 Uhr andauerte.

Es erstreckte sich auf alle Küsten und Anlegestellen. Es gab jedoch wenig Verluste, weil wir im Schutze der Steilküste im toten Winkel waren. Wir waren alle zusammen etwa 30.000 Mann. Um 5 Uhr setzten Flieger ein, um die Trauben von Menschen, die an der Steilküste kauerten, anzugreifen. Wir winkten mit Handtüchern und die Russen drehten ab, ohne einen Schuss abzugeben.

Nun brachen panische Zustände aus. Viele verübten Selbstmord. Viele betranken sich sinnlos mit Schnaps aus ihrem Marschgepäck. Andere bauten sich aus Benzinfässern und Bohlen ein Boot, um damit die hohe See zu erreichen. Sie kamen jedoch nicht aus der Bucht heraus und wurden später von russischen PaK (Panzerabwehrkanonen) abgeschossen.

Das MG-Feuer verriet uns, dass die Russen ganz nah waren. Fünf Mann wollten sich den Russen ergeben und gingen auf einen Soldaten zu. Er schoss auf sie mit seiner Maschinenpistole. Drei waren sofort tot, zwei kamen wieder zu uns zurück.

Es war 6:30 Uhr, der 12. Mai 1944. Ich sah etwa 200 Mann den Steilhang hinabklettern und sich den Russen ergeben. Ich schloss mich dieser Gruppe an und war damit Gefangener. Ich dachte, eine solche Gruppe mit 200 Mann wird wohl nicht erschossen werden.

Nun begann sofort die Ausplünderung. Von den Stiefeln bis zur Armbanduhr wurde uns alles abgenommen. Die Unterwäsche, Hose und Feldbluse waren das Einzige, was die meisten retten konnten, manche auch das nicht einmal.

Es liefen viele in Unterhosen herum. Ich rettete ein Neues Testament, das ich in der Kniekehle meiner enganliegender Reiterhose versteckt hatte.

Wir liefen im Trab. Alle 500 Meter neue Russen und neue Durchsuchungen. Und Prügel! Immer wieder wurde einer aus der Kolonne herausgeschossen. Panzer fuhren willkürlich in die Kolonnen hinein und töteten so viele unserer Leute. Kameraden, die sich in der mörderischen Hitze an den Zisternen um Wasser bemühten, ließ man erst hin, um sie dort dann zu erschießen. Viele waren, wie gesagt, betrunken, sie hängten sich von der geschlossenen Kolonne ab und der Posten, der hinterherging, erschoss sie dann.

Am 12. Mai 1944 nächtigten wir in einer Schlucht unweit von Sewastopol. Zu essen gab es nichts.

Am anderen Morgen gingen wir in das 14 km entfernte Nowo Schuli. Hier wurden die Gefangenen gesammelt. Gegen Nachmittag gab es das erste Essen. Ein Stück Brot und ein 3/4 Liter Mehl-Fisch-Suppe. Das schlimmste aber war der Durst. Unbeherrschte Landser tranken aus jeder Pfütze. Die ersten Ruhrerkrankungen traten auf. 2000 Mann sammelten sich hier. Mit Trockenbrot und getrocknetem Seefisch ging dann nach zwei Übernachtungen in Schuli der qualvolle Marsch nach Simferopol an.

Am ersten Tag gingen wir barfuß 46 km bis Bakhchisarai, am zweiten Tag 40 km bis Simferopol. Wir hatten alle vereiterte

Fußsohlen, die in Simferopol in einem Lager, wo ehedem russische Gefangene waren, von einem deutschen Arzt versorgt wurden. Im Lager kommandierten Rumänen und Ostreicher, die auf russischer Seite als Partisanen gekämpft hatten. Es gab viele Schläge. Essen: etwas Brot und in Wasser gekochten Mais.

Nach gründlicher Entlausung begann am 20. Mai 1944 der Transport ins Innere Russlands. Die Verpflegung bestand während des 21 Tage dauernden Transports bis Moskau aus zweimal am Tage 1/2 Liter Hirsesuppe, eine Scheibe Hartbrot und einige Fischchen.

In Stalino wurden die Mannschaftsdienstgrade – wir wurden von Anfang an streng nach Offizieren und Mannschaften geschieden – abgehängt und kamen in die dortigen Kohlebergwerke. Uns, die Offiziere, brachte man in das Lager Krasnogorsk, 40 km von Moskau entfernt. Dort blieben wir 14 Tage. In diesem Lager waren vornehmlich Stalingrader Offiziere, die uns damals erzählten, dass von 96.000 Stalingradern nur mehr 7000 am Leben waren.

Wir bekamen dort an Verpflegung 670 Gramm Brot, 30 Gramm Fett, 40 Gramm Zucker, 15 Zigaretten, morgens und mittags je 3/4 Liter Krautsuppe, mittags zur Suppe 1/3 Liter Haferbrei, abends 1/3 Liter Kartoffelbrei. 75 Gramm Fleisch bzw. Fisch waren angeblich im Essen.

Nach 14 Tagen kamen wir nach Grasowetz in das Lager 150, 350 km nördlich von Moskau. Die Verpflegung war dort die gleiche, die Behandlung jedoch humaner als bisher. Wir Offiziere bis einschließlich Hauptmann brauchten nicht zu arbeiten. Das galt bis Kriegsende. An Arbeit musste nur erledigt werden, was zur Erhaltung des Lagers diente. Ich sang in einem Lagerchor mit. Auf Birkenrinde wurden Gedichte geschrieben und auswendig gelernt. Abends gab es in den Baracken Vorträge über alle möglichen Wissensgebiete.

Viel wurde von den Gefangenen getan, um die Umgebung der Baracken zu verschönern. Mit selbstgefertigten Messern begannen viele Figuren zu schnitzen, um sich die Zeit zu vertreiben. Im Lager waren vier katholische Geistliche, die mit uns auf dem Dachboden eines ehemaligen Klosters die Heilige Messe feierten. Später durfte die Messe im Clubgebäude abgehalten werden.

Wir wohnten in Baracken. In einer Baracke waren je nach Größe bis zu 400 Mann untergebracht. Es hatte ein jeder nicht einmal so viel Platz, dass einer, wenn alle auf der Pritsche lagen, auf dem Rücken liegen konnte.

Russische Nachrichten wurden uns wortgetreu bekannt gegeben. Wir jedoch glaubten sie nicht. Wir glaubten vielmehr, angeschwindelt zu werden. Aber die Nachrichten stimmten, wie wir später selbst erfuhren.

Sobald der Krieg zu Ende war, wurden alle Kriegsgefangenen bis einschließlich Hauptmannsrang zu Arbeiten außerhalb des Lagers herangezogen. Entlohnung für die geleistete Arbeit gab es fast keine, das heißt, es wurden an einige Rubel ausbezahlt, aber rein willkürlich. Wer oben auf der Liste stand, erhielt etwas, die anderen gingen leer aus.

Wir lebten mit 400 Mann in einer Baracke. In der Mitte der Baracke gab eine Öllampe notdürftig Licht, um den Weg durch die Baracke zu finden.

Meist war es Nacht, wenn man zur Arbeit ausrückte und wenn man wieder zurückkam. Man kannte sich also oft kaum von Angesicht zu Angesicht, weil die Russen sehr häufig anordneten, dass Gefangene innerhalb der Baracken umgruppiert wurden. Fragte man am Abend, wo der Kamerad geblieben sei, der noch eine Nacht vorher neben einem gelegen hatte, so erhielt man die Antwort: „Der hat sich heute Morgen krankgemeldet."

Kranke kamen in das Lagerhospital, eine Baracke, die innerhalb des Lagers stand und mit Stacheldraht gesichert war, damit keine Infektionen in das Lager hinausgetragen werden konnten. So wusste man also nicht, wie das Befinden des Kameraden war. Und so hat man viele nicht mehr gesehen, bis sie im Todesfalle in einer Kiste aus dem Hospital gefahren wurden. Kein Mensch erfuhr Näheres. Man wusste nur, dass einer namens Karl nicht mehr lebte.

Wie wirkte sich das Nationalkomitee „Freies Deutschland" in den Lagern aus? Mit einem Wort: Es wirkte sich übel aus. (Das Nationalkomitee Freies Deutschland war ein Zusammenschluss von deutschen, gefangenen Soldaten und Offizieren mit kommunistischen deutschen Emigranten, die den Nationalsozialismus bekämpften und ein anderes Deutschland konzipieren wollten. Die Vereinigung wurde 1943 in der Sowjetunion gebildet und bestand bis Ende 1945.)

Wer dem Russen einen Finger gibt, dem nimmt er die ganze Hand. Wer sich dazu (Nationalkomitee Freies Deutschland) meldete, war verkauft an die Russen. Die Mitglieder waren wohl gegen das Hitlerregime in der Heimat, waren aber auch für Sühne und gerechte Wiedergutmachung. Diese Herrschaften haben jede Resolution unterschrieben, die ihnen der Russe vorlegte. Dabei drehte es sich immer nur um Arbeit, und nochmals um Arbeit. Hätten wir Deutschen zusammengehalten, wir hätten zwar hart arbeiten müssen, aber eine Ausbeutung unserer Arbeitskraft, wie sie praktiziert wurde, wäre nie möglich gewesen, wenn nicht die eigenen Kameraden dazu geholfen hätten. Am besten haben sich Kriegsgefangene immer dann durchgesetzt, wenn sie einig waren, wenn sie eine Politik der Stärke betrieben.

Die ärztliche Betreuung war in unserem Lager gut. Ich spreche da vom Lager 7437 in Tscherepowetz. Das kam wohl daher, dass es ein Offizierslager war, in dem sich viele Ärzte und auch gute Ärzte befanden.

Geschlagen wurde keiner. Für Vergehen wurden fünf Tage Gefangenschaft angehängt, die man überstehen konnte. Das Verhältnis zur Wachmannschaft war gut. Lediglich wenn die Posten wieder einmal eine Instruktion von oben erhalten hatten, gab es für uns einige „Hundstage".

Das Verhältnis zur Zivilbevölkerung war sehr gut. Die Zivilisten erzählten uns all ihre Sorgen, sie schimpften auf das bestehende Regime. Wir waren ja auch die einzigen, denen sie getrost ihr Herz ausschütten konnten, ohne Gefahr zu laufen, hingehängt zu werden.

Von Weihnachten 1945 an konnte ich regelmäßig einmal im Monat eine Karte nach Hause schreiben und ich bekam auch regelmäßig eine Karte von Zuhause. Pakete, die uns geschickt wurden, sind selten angekommen. Es kamen Pakete, aber die waren meist aus der Ostzone oder aus dem Ausland.

Von 1945 bis 1949 wurden nur solche entlassen, die arbeitsmäßig nicht mehr zu gebrauchen waren. Von 1949 an kamen auch Arbeitsfähige zur Entlassung. Zurückgehalten wurden vor allem solche, die bei einer Division waren, welcher die Russen Kriegsverbrechen, Partisanenbekämpfung und ähnliche Dinge anhand gefundener Kriegstagebücher, die während der Kämpfe erbeutet wurden, nachsagen konnten.

Bekleidung und Verpflegung während des Transportes waren in Ordnung. Der Transport ging von Tscherepowetz nach Brest Litowsk. Die Polen waren gehässig zu uns. Es gab Schlägereien. Unser russisches Begleitpersonal hat uns oft geschützt. Zurücklassen mussten wir alles Geschriebene. Wer bei der letzten Durchsuchung im Lager etwas Geschriebenes heimlich mitzunehmen versuchte, musste damit rechnen, von der Transportliste gestrichen zu werden.

Noch ein Wort zu den Todesfällen im Lager: Die meisten Todesfälle waren auf folgendes zurückzuführen: Der menschliche Körper war entkräftet. Die russische Küche kochte sehr scharf, somit gab es viel Durst. Wasser zu trinken war verboten, weil alles verfügbare Wasser eben kein Trinkwasser war. Unbeherrschte Gefangene tranken nun aus jedem Bach und aus jeder Pfütze. Die Folge war eine Ruhrerkrankung, die den Gefangenen innerhalb von drei Tagen hinwegraffte.

Der Transport ging am 19. März 1949 ab und kam am 2. April 1949 in der Heimat an. Jetzt erst konnte Siegfried Lintl das Theologiestudium aufnehmen und sich seiner Berufung zum Priesterdienst widmen. Am 29. Juni 1953, dem Festtag Peter und Paul, wurde Siegfried Lintl als 31-Jähriger von Bischof Michael Buchberger in den Dienst der Diözese Regensburg genommen.

Seine erste Kaplanstelle trat Siegfried Lintl im selben Jahr in Burglengenfeld, St. Vitus, an. Seine musikalischen und pädagogischen Fähigkeiten brachten ihn 1959 als Direktor des Internats der Domspatzen nach Regensburg. Für sie war er Erzieher und Vater zugleich. Er erzählte viel und offen über seine Erlebnisse im Krieg und in der Gefangenschaft. Er war ein Mann, der mit beiden Beinen im Leben stand.

1970 wurde er zum Pfarrer von St. Michael in Straubing ernannt. 21 Jahre leitet er segensreich diese Pfarrei. Dazu gehörte auch die alte romanische Kirche St. Peter mit dem alten Friedhof.

1991 ging Monsignore Siegfried Lintl in den wohlverdienten Ruhestand nach Münchshofen und lebte fortan im Haus seiner treu ergebenen Haushälterin Maria Beer und deren Bruder Hans.

Wie sehr hatte er sich auf seinen Ruhestand doch gefreut, litt er doch Zeit seines Lebens unter heftigen Magenbeschwerden als Folge von Krieg und Gefangenschaft.

Gerne übernahm er als Ruheständler Vertretungen in anderen Pfarreien, doch bald zeigte sich, dass seine durch die Entbehrungen des Krieges und die Strapazen der Gefangenschaft angegriffene Gesundheit ihn immer mehr einschränkte. Nach eineinhalb Jahren zeichnete sich die Krankheit ab, die letztendlich zu seinem Tod führte. Schwere Operationen, Krankenhausaufenthalte in Regensburg und Burglengenfeld wechselten sich mit Wochen zuhause ab. Unter Aufbietung all seiner Kräfte konnte er gerade noch sein 40-jähriges Priesterjubiläum feiern. Wie sehr freute er sich über den Gesang seiner Domspatzen und der großen Beteiligung der Gläubigen.

Am Vorabend des Festes Mariä Himmelfahrt starb Monsignore Siegfried Lintl 1993 im Krankenhaus Burglengenfeld umsorgt von den Mallersdorfer Nonnen.

Pfarrer Siegfried Lintl 1990

Edeltraud Haase 2020

Krieg und Frieden

Am 24. Januar 2007 erzählte Edeltraud Haase dem Herausgeber von den schrecklichen Erlebnissen der letzten Kriegstage 1945/1946. Ihre Erinnerungen wurden mit ihrem Einverständnis aufgezeichnet und werden hier weitestgehend mit ihren eigenen Worten wiedergegeben. Während sie ihre Erlebnisse schilderte, war sie emotional sehr aufgewühlt. So kam es zu den Gedankensprüngen, Wiederholungen und Halbsätzen., die hier beibehalten wurden.

Edeltraud Haase wurde am 16. Mai 1930 in Rütznow, einem Dorf und Rittergut bei Greifenberg in Pommern geboren.

60 Jahre, 60 Jahre ist es her, begann sie zu erzählen, innerlich sichtlich erregt. Es war so grausam, und diese Grausamkeiten schaffen so eine schlimme Erinnerung. Nein! Wir haben wirklich schlimme Sachen erlebt. Das war wirklich schlimm! Wir haben uns auch nicht gedacht, dass das alles so abläuft. Es waren ja Millionen Menschen, die dort von Ostpreußen, Schlesien, und Pommern kamen. Es kamen ja Menschen von überall her.

Bei uns im Haus, da wohnte eine Frau mit zwei Kindern, die kamen von Ostpreußen. Und dann waren auch viele russische Gefangene da. Es waren Millionen Menschen, die eingekesselt wurden. Es hat niemand gedacht, es hat sich wirklich niemand gedacht, dass die so hausen, wie die gehaust haben. Auch mein Vater, mein Gott nein, hat das nicht glauben wollen. Er hatte sich auch alles selbst aufgebaut und war hernach zu Tode betrübt.

Wir wurden eingekesselt. Die Russen sind nicht nur von Ostpreußen so schnurgerade nach Pommern reingezogen, sondern auch von der Ostseeküste links, und oben von diesen beiden Inseln Usedom und Wollin. Auf Usedom war ja

Peenemünde, und von da war der Wernher von Braun. Und dadurch hatten wir jede Nacht Bombenangriffe. Wir mussten jede Nacht aufstehen, noch zu Hitlers Zeiten, um den Bombenangriffen zu entgehen; denn die kamen direkt von Peenemünde. Wir waren ja nicht weit von der Ostseeküste weg. Nach Stettin und über Stettin mussten die über uns fliegen. Wir durften abends kein Licht anmachen. Wir durften gar nichts. Mal so eine kleine Kerze oder was. Das war noch zu Hitlers Zeiten. Ja, und dann kamen die Russen, und das war ja für Peenemünde.

Wir haben in Greifenberg in Pommern gewohnt. Das war so weit von Stettin bis Greifenberg, das war so weit wie hier. So achthundert Kilometer. Aber die kamen, wenn sie Stettin bombardierten, kamen die über uns geflogen, die Bomber. Die Amerikaner und auch die Engländer. Und die Russen kamen nachher nicht geradeaus oben von Ostpreußen, Westpreußen direkt nach Pommern rein, nach Danzig über die Weichsel. Die kamen im Bogen und kamen über Berlin – Berlin - Stettin ist nicht weit auseinander – und haben uns da eingekesselt. Und dann saßen Millionen Menschen, die Oder dicht gemacht, in diesem Kessel. Da war kein Rauskommen mehr. Da war nichts.

Bei uns war auch ein Mann, der war so alt wie mein Vater. Der war im ersten Weltkrieg in russischer Gefangenschaft gewesen und der verstand Russisch. Das hat er aber keinem preisgegeben. Und daher wussten wir immer, was die mit uns vorhatten, die Russen. Aber, wie die reinkamen! Erst kamen die kleinen Kosaken mit ihren kleinen Ponys. Uhri, Uhri, Uhri, riefen die Kosaken. Ich hatte als Andenken von meiner Mutti, die war ja schon tot, eine richtig schöne goldene Uhr. Die haben sie mir vom Arm gerissen. Ich hab gedacht, mein ganzer Arm fliegt mit ab. Und dann wurden auch die Frauen und Mädchen vergewaltigt. Ich bin Gott sei Dank verschont geblieben. Und da haben wir uns unters Heu und was alles verkrochen. Wir mussten ja alle aus den Wohnungen raus. Die haben uns ja nicht in den Wohnungen gelassen.

Meine Eltern hatten auch sehr schöne Möbel, so ungefähr im Stil des Historismus. Hör mal, die sind an den Schrank und haben die Schränke alle umgeschmissen und haben alles verwüstet. Sind dann drauf rumgestiegen und haben ihre russischen Tänze veranstaltet und haben alles vernichtet. Sie haben die Gardinen von den Fenstern gerissen. Sie haben uns aus dem Haus getrieben. Sie haben uns in Scheunen eingesperrt.

Ich kann mich noch an den Tag erinnern, als die Russen zu uns ins Haus kamen. Ja, ja! Wir waren gar nicht mehr allein im Haus; denn es waren schon mehrere Familien einquartiert. Es gab ja das große Gastzimmer, und da war Platz genug in dem Haus. Da kamen schon viele Menschen zusammen. Die Leute kamen alle aus unserem Dorf, alle aus ihren Häusern. Wir haben uns so zusammengetan.

Der Krieg war im Mai 1945 zu Ende, die Russen aber waren schon im April da. Ab März, April waren die schon da. Das war lange noch vor Kriegsende. Zuerst haben die Russen uns alle aus dem Haus herausgetrieben. Erst mussten alle raus. Es kam eine ganze Herde Kosaken. So kleine Menschen, die wie Chinesen aussahen und auch auf so kleinen Pferden ritten. Sie ritten wie wild herum, und mit ihren Peitschen haben die da rumgeknallt, sind auf die Menschen zu. Mir haben sie die Uhr vom Arm gerissen.

Meiner Schwester ist nichts passiert. Die hatte Typhus zu dieser Zeit. Meinem Bruder haben sie auch nichts angetan. Mein Vater musste aber auch arbeiten, im Garten von dem Gutsbesitzer, der hatte ja einen großen Park, und weil er so auf dem Feld nicht zu gebrauchen war. Er hat ja absichtlich noch mehr gehumpelt und den Stock genommen als es überhaupt nötig war. Sonst hätten sie ihn ja schon gleich abtransportiert.

Auch meine Schwester musste wo arbeiten, ich musste wo arbeiten. Es wusste ja keiner am Tag, wo man ist. Mein Vater hat meinen Bruder immer mitgenommen. Das weiß ich noch. Da waren so große Spargelbeete und der Manfred, mein Bruder, hat da so gesessen und hat gespielt. Und mit einem Mal geht da so eine Granate hoch. Da hatte er rechts den Kopf verletzt. Die Narbe hat er noch heute. Nur gut, dass an dem Auge nichts passiert war! Noch mehr Splitter aber hatte er links. Da haben wir vielleicht einen Schreck gekriegt! Ein russischer Arzt hat ihn behandelt. Wir waren da nicht dabei. Wie wir nach Hause kamen, wie üblich in der Nacht, hat mein Vater uns das erst mal alles erzählt, was mit Manfred passiert war. Der Manfred war damals sieben Jahre alt.

Wenn wir gearbeitet haben, haben wir von Rüben und von Rübenblättern eine Suppe bekommen. Die Russen haben diese Rübensuppe gekocht, und da kamen Mehlklöße rein. Und es gab ein Stück Brot dazu. Das haben wir zu essen bekommen. Einmal am Tag, jeweils so gegen Mittag.

Das Vieh haben sie auch alles erst mal rausgetrieben. Und da haben wir eine Kuh uns eingefangen und haben die dann auf so einer Wiese gemolken. Ich konnte ja melken. Ich musste ja melken, als meine Mutti gestorben war.

Wie wir das überlebt haben, das weiß ich nicht mehr. Das weiß ich gar nicht mehr, was wir da zu essen hatten, gestohlen wahrscheinlich, irgendwo was. Wir konnten in unser Haus ja nicht mehr rein. Uns haben sie in ein anderes Haus eingesperrt zusammen mit anderen Leuten.

Im Ort war ein großer Gutsbesitzer. Von Marbitz hießen die. Das waren reiche Leute. Die hatten auch so eine kleine Villa mit Park und allem, und dann haben die Russen uns in so Scheunen gesperrt, wo die für das Vieh das Heu hatten. Das hat auch niemand gedacht, dass da so was mit uns geschieht. Wir haben gedacht, auch der Mann, der in Russland war, der hat gedacht: „Na die werden hier wohl durchziehen." Aber dass die so was da anrichten, das hätte keiner gedacht. Alles zerstören und das alles machen.

Und nachher haben sie unser Haus abgebrannt. Wir haben in einem Einfamilienhaus gewohnt. Meine Eltern hatten so eine kleine Gastwirtschaft und da war ein bisschen Landwirtschaft dabei. Meine Mutter hat da nicht mehr gelebt, als das alles passierte. Mein Vater, mein Bruder Manfred, meine Schwester Inge und ich hatten das Haus bewohnt. Mein Vater musste nicht in den Krieg, da er vom Ersten Weltkrieg kriegsbeschädigt war. Er war im Ersten Weltkrieg im Elsass gewesen und hatte das eine Bein verletzt: Er hatte eine Hüft- und Beinverletzung und dadurch war das eine Bein ein bisschen kürzer, und er musste deshalb auch immer so etwas höhere Schuhe anziehen. Mein Vater, der brauchte nicht in den Krieg, und meine Mutti ist 1942 an Thrombose gestorben.

Wir hatten auch gar keine Schulen mehr zuletzt. Die waren alle voll Soldaten und voll Verwundeter. Und Krankenhäuser gab es auch nicht mehr und an Ärzten gab es auch nichts mehr Gescheites. Es kam zwar noch ein Arzt, aber es war keine Hilfe von ihm zu erwarten.

Die Russen haben auch meinen Vater nicht in Ruhe gelassen. Sie wollten ihn auch nach Russland abtransportieren. Mein Vater war schon auf so einem Lastwagen. Mein Bruder war damals erst sieben Jahre alt, meine Schwester zwölf und ich fünfzehn. Da haben wir drei Kinder dagestanden und haben geschrien wie am Spieß, und dann hat dieser Mann, der Russisch konnte – der hat aber nicht preisgegeben, dass er Russisch verstand – der hat also auf uns gezeigt und gesagt, da wäre nur der

Vater, und da haben sie ihn, meinen Vater, nicht vom Wagen absteigen lassen, da haben sie meinen Vater vom Wagen, vom Lastwagen, einem russischen Lastwagen, einfach herunter geschubst. Und dann lag der da, auf der Straße. Die Männer, die auf dem Lastwagen blieben, haben sie nach Sibirien gebracht.

Ich sage immer mal, man schimpft heute auf die Russlanddeutschen. Ich bin auch diese Generation 1930 und da sind wahrscheinlich auch noch welche, die noch jünger sind und auch älter sind und waren. Als mein Onkel, der Bruder meiner Mutti, 1946 aus Russland zurückkam – er war damals 45 Jahre alt – hat man ihn nicht wieder erkannt. Der kam wie ein alter Mann mit so einem Bart, ganz abgemagert. Der sah älter aus als mein Opa von achtzig Jahren.

Die andere Tante Frieda war ja in Amerika und der erste Bruder von meiner Mutti, der war 1918 mit 18 Jahren gefallen. Der musste 1918 in den Ersten Weltkrieg und hat nicht mehr ein Jahr überlebt, er ist gefallen. Da hatte meine Oma auch so ein ganz großes Bild an der Wand über ihrem Bett hängen.

Was meinst du, was wir bei den Russen mussten arbeiten! Als 1945 der Krieg zu Ende war, war ich fünfzehn und wurde das Jahr darauf sechzehn Jahre alt. Morgens um vier Uhr mussten wir dort in den Pferdeställen oder Kuhställen, in diesen Ställen sein, um vier Uhr morgens, und arbeiten bis abends zehn Uhr. Wir mussten alles Mögliche arbeiten, auf dem Acker, Dung aufladen. Und da standen dann diese Russenweiber mit der Peitsche hinter uns. Ich brauch mich nicht zu wundern, dass ich heute mit dem Rücken zu tun habe. Ich war damals zierlich. Ich habe wahrscheinlich keine neunzig Pfund gewogen und musste immer Dung aufladen auf diese Wagen. Und einmal hochgucken oder was, bums, hattest du schon eine mit der Peitsche über den Kopf.

Und dann musste ich mit Pferden fahren. Ich bin ja auf dem Lande groß geworden. Ich kenn ja Pferde. Mein Onkel hatte ja auch einen Bauernhof, der Onkel Paul. Meine Mutti, die stammte ja aus diesem Bauernhof. Aber selber Pferde fahren oder die Pferde putzen oder einspannen, das Geschirr darauf machen, das alles konnte ich nicht. Ich war so ein kleines Ding, und das musste man machen, sonst hast du mit der Peitsche eins übergezogen gekriegt.

Die Russenfrauen waren von Westdeutschland gekommen, und die waren so gehässig. Die haben in Westdeutschland im Ruhrgebiet in Essen und in den Werken dort gearbeitet, bei Mannesmann, bei Thyssen. Das waren Zwangsarbeiterinnen und die haben sich gerächt, aber frag nicht wie, wie die sich an uns gerächt haben. Ganz schlimm war eine Katja.

Weihnachten von 1945 auf 1946, da wussten mein Vater, meine Schwester und mein Bruder nicht, wo ich war. Da mussten wir vor Weihnachten, die Russen kannten kein Weihnachten oder irgendwas, da mussten wir vor Weihnachten mit mehreren, ob Jungen oder Mädchen, auf Wagen mitfahren, mit Leiterwagen fahren, immer zwei auf einem Wagen, und dann mussten wir in die Oderauen fahren. Aus diesen Oderauen mussten wir Futter holen für das Vieh. Und das zu Weihnachten! Und dann haben wir an Heiligabend in diesen Auen auf dem Leiterwagen gesessen. Wir haben alle auf einem Wagen zusammengesessen. Ich glaube, so vier oder fünf Mädchen waren wir. Bei klirrender Kälte haben wir den Heiligen Abend verbracht. Es war dreißig Grad Minus Kälte da draußen. Stahlblauer Himmel. Sterne am Himmel. Und wir kauerten auf diesem Heuwagen und wärmten uns gegenseitig. Wir haben nur immer gesagt: „Mein Gott hoffentlich überleben wir das hier!"

Und die Russen waren als Aufpasser dabei. Aber vergewaltigt haben sie uns nicht. Das haben sie nicht gemacht, das muss ich sagen. Als die Russen aber gekommen sind und noch Wochen später, da haben sie die Frauen und Mädchen vergewaltigt. Dann wurde das von den Obersten etwas reduziert. Und da die jetzt dieses Gut in Besitz genommen hatten, und da waren ja auch russische Oberste, die das dann verwaltet haben, und die haben das wohl nicht mehr erlaubt.

Wir wussten ja auch nicht, was mit uns passiert. Das wussten wir nicht. Aber das haben sie nicht gemacht, damals zu Weihnachten. Da sind wir heil zurückgekommen. Weihnachten von 1945 auf 1946 verbrachten wir in den Oderauen. Wir waren über eine Woche unterwegs.

Und diese Pferde! Ich weiß noch, ich hatte da ein Pferdegespann, nein, das wollte nicht gehen. Und „hü!" und „hü!" und „jetzt lauft!". Ach Gott, ach Gott nein, nein! Da waren immer Russen dabei, die waren auf ihren Pferden oder waren extra auf einem Wagen vorne und hinten, die uns also begleitet haben, dass keiner da wegkonnte oder was. Zu essen bekamen wir trocken Brot. Nichts zu trinken. Nein, nein. Trocken Brot haben wir zu essen bekommen. Trinken weiß ich noch, wie wir da in den Auen waren und es war ja auch viel Schnee, und dann haben wir immer Schnee gegessen.

Wir mussten büßen für das, was die Nazis verbrochen hatten. Das von den Juden haben wir nicht gewusst. Das wurde so von uns ferngehalten. Das haben wir nicht gewusst, was mit den Juden geschah, nein. Deutsche Soldaten haben auch Schlimmes gemacht. Es waren Russen bei uns, die Deutsch sprachen, die auch in deutscher Gefangenschaft waren, und die konnten auch etwas deutsch und die haben uns dann erzählt, dass deutsche Soldaten auch sehr gehaust hätten in Russland. Und die haben sich dann an uns gerächt.

Also diese Weiber waren ja noch schlimmer. Ich weiß nur eine Katja, die war ja so gehässig. Nein, nein. nein! Was war das für eine Russin! Die und andere waren in Westdeutschland in Industriegebieten als Zwangsarbeiter und die haben sich dann an uns gerächt. Aber frag nicht wie! Na ja, wir haben´s überlebt.

Wir sind nachher bei Nacht geflohen. Da hat der Onkel Paul gesagt: „Wir können hier nicht bleiben! Was glaubt ihr, die transportieren uns alle nach Sibirien!" Ja und so ist es gekommen. Und dann sind wir bei Nacht und Nebel weg, durch so einen Wald. Und dann sind wir auf so ein Feld, da waren lauter so gepflügte Furchen. Mit einem Male stehen zwei Polen mit Maschinengewehren vor uns. Meine Güte, nein! Und da hat der eine gesagt: „Dawai, dawai, zurück". Da hat Onkel Paul sein Hemd aufgemacht und ihm die freie Brust entgegengehalten und gesagt: „Nein! Wir gehen nicht zurück!" Dann sollen sie uns erschießen, meinte er. Er hat mit seiner Geste gezeigt, sollen sie uns doch erschießen. Und das haben sie sich dann doch nicht gewagt.

Mein Vater, der war behindert, und mein Bruder war so klein, den haben sie einfach weggeschubst. Die hätten können gehen. Doch Tante Lotte, Gisela, Gerhard, Onkel Paul und wir zwei Mädchen, wir sollten wieder mit ihnen zurück. Die hätten uns sofort nach Sibirien transportiert. Und da hat er gesagt „Nein!" Da haben sie uns mit den Gewehrkolben zusammengeschlagen, mich auch. Wir lagen besinnungslos in diesen, es war ja noch schlechtes Wetter, in diesen Furchen auf dem Acker, und dann haben mein Vater und Manfred, die waren ja unverletzt, die haben uns immer gerüttelt und gesagt: „Wacht auf! Wacht auf!"

Die Polen haben sich dann aus dem Staub gemacht. Das waren polnische Soldaten, junge Kerle. Ich will eins sagen, die Polen waren mitunter noch schlimmer als die Russen.

Na ja, und dann haben wir uns aufgerappelt und sind nach Greifenberg zum Roten Kreuz in so ein Lager. Und die haben dann die Hände über dem Kopf zusammengeschlagen. Wir sahen aus, vom Kopf bis Fuß lauter Dreck, ein Gesicht hast du gar nicht mehr erkannt vor lauter Dreck. Und dann konnten wir uns da waschen, und dann haben sie uns eine Suppe gegeben und dann konnten wir da so sitzen, in so einer Ecke. An Schlafen oder so was war nicht zu denken. Wir hatten ja nichts, nur was wir anhatten. Gar, gar nichts.

Die Russen haben gehaust wie die Vandalen, das kannst du dir gar nicht vorstellen. Das waren keine Menschen mehr. Es waren vier oder fünf junge Mädchen, die bei uns Kinder gekriegt haben von Russen. Die haben uns ja in Scheunen getrieben. Und es war ja damals so weit, dass es hieß, der Krieg Russland gegen Amerika geht weiter. So war das damals. Wir wussten das nur durch diesen Mann, der Russisch konnte, der im Ersten Weltkrieg in Russischer Gefangenschaft war. Der konnte perfekt Russisch. Und durch den wussten wir das.

Die Russen haben uns in eine große Feldscheune gesperrt, also Tausende von Menschen. In eine Scheune! Ohne Essen, ohne Trinken. Das war 1945 in Rütznow auf dem Gut. Die Russen haben große Kanonen in einer Reihe aufgestellt und haben die auf die Scheune gerichtet. Wenn der Krieg mit Amerika weiter gegangen wäre, hätten die Russen auf uns geschossen. Das hat sich ja – Gott sei Dank – erledigt. Die hätten die Scheune in Flammen geschossen und uns alle mit. Dann wären sie die ganzen Menschen los gewesen. Wir waren etliche Wochen in dieser Scheune eingesperrt. Sie haben uns mal ein Stückchen trocken Brot gegeben und dann haben sie uns mal von Rübenblättern Suppe gegeben mit Mehlklößen drin.

Eines Tages sind wir bei Nacht und Nebel ab. Von Greifenberg haben die uns vom Roten Kreuz nach Stettin in Güterwagen gesperrt. Dann sind wir die achthundert Kilometer von

Greifenberg nach Stettin in den Güterwagen transportiert worden. Und das über eine Woche. Dann haben sie die Lok mal wieder abgesperrt. Die Russen haben uns nichts zu essen gegeben, die haben uns nichts zu trinken gegeben. Wir sollten da umkommen. Und da waren auch Leute mit kleinen Kindern. Die Kinder sind natürlich gestorben.

In Viehwagen, richtig in Viehwagen ohne Stroh, ohne irgendwas haben sie uns gesteckt. Die Bilder von dem Waggon, in dem wir transportiert wurden, habe ich noch heute im Kopf. Ein Viehwagen. Als wenn du heute Vieh transportierst. Ein richtiger Viehwagen. Wir haben da in Ecken gesessen, uns hingeduckt und haben nur dagesessen. Eine Woche lang! Keiner hat uns was zu essen gegeben. Wir haben nichts zu essen gekriegt und nichts zu trinken gekriegt. Jeder hat um sein Leben gekämpft und geweint. Niemand hatte etwas zum Essen dabei. Wir waren zusammen, mein Bruder, meine Schwester, mein Vater, meine Tante, die Frau meines Onkels, mein Onkel Paul, der aus Russland gekommen ist und die beiden Kinder.

Wir hatten nichts zum Essen dabei, gar nichts. Nein! Auch nichts zu trinken. Entweder hatten wir mal was oder die Männer und die Burschen oder Frauen, wir haben uns da ja selbst geholfen, da waren ja auch Frauen dabei, und da haben wir versucht, aus diesem Wagon mal rauszukommen, ihn mal aufzumachen. Und dann raus und dann irgendwo in so einen Bach. Oder von der Lok weiß ich auch noch, wo mal ne Lok dastand, haben wir mal Wasser geholt. Grauenvoll! Dass wir das überlebt haben!

Und dann hat mal jemand diese Waggontür aufgemacht. Wir haben gesehen, dass die Loks weg waren. Da haben die uns einfach auf freier Strecke stehen lassen. Und dann sind wir mal ausgestiegen und dann haben wir geguckt, wo so ein Haus steht und dass wir ein bisschen Wasser wo kriegen. Ja, aber dann mussten wir sehen, dass wir schnell wieder zurückkamen. Dann haben wir schnell ein bisschen Wasser uns irgendwo eingefüllt.

Manchmal sind auch russische Soldaten mitgefahren. Das kam auch schon mal vor, wenn die weiter gefahren sind mit uns. Wir waren ja eine ganze Woche von Stettin bis Galgenberg, von Galgenberg bis Stettin unterwegs. Und dann haben sie uns ja stehen lassen. Und dann war kein Mensch da. Und wir konnten dann nirgendwo hin. Wir waren ja da drinnen gefangen. Und wenn die aber da waren, dann kamen die und haben geguckt und wie die Lust hatten, haben die auch die Leute ausgepeitscht. Wie sie so Lust hatten, haben sie uns rausgeholt aus dem Wagon oder was weiß ich.

Und dann mit einem Mal sind viele Leute, auch Frauen, die ihre Kinder in den Wagons hatten, ausgestiegen. Plötzlich sind sie mit Loks angekommen und haben uns wieder ein Stückchen weitergefahren. Und die Frauen standen da und schrien und die Kinder saßen in den Viehwagen. Ja, das war ein ganzer Zug mit vielen Menschen drin. Die wollten uns wahrscheinlich verhungern und verdursten lassen. Der Zug ist dann endlich in Stettin angekommen. Und dann waren auch Polen da. Und die Polen, die waren auch grausam. Die haben auch noch auf uns eingeschlagen.

In diesen Wagons waren wir Tag und Nacht. Tag und Nacht! Es gab keine Toilette dort drinnen. Man hat wahrscheinlich irgendwo in die Ecke gemacht. Daran kann ich mich nicht mehr so genau erinnern. Aber das hat man alles mit den Jahren einfach verdrängt. Man hat das mit den Jahren verdrängt, weil einen das alles auch unheimlich belastet hat. Aber an die beiden Polen, die uns niedergeschlagen haben, kann ich mich noch erinnern. Aber das alles hat man mit den Jahren verdrängt, weil das so grausam war. Und man wollte das auch gar nicht mehr. Mein Vater ist damit auch sehr, sehr schlecht fertig geworden.

Wir sind also von Greifenberg nach Stettin gekommen. Ich selbst kam von einem kleinen Dorf Rütznow, das war etwa drei Kilometer von Greifenberg entfernt. Eine Woche im Viehwagen unterwegs! Und dann haben sie uns da in so ein Lager gebracht. Wir waren da in so einem Lager. Ich erinnere mich noch, das waren so große Wellblechdinger. Da lag wenigstens Stroh drin. Und da haben Soldaten uns eingesperrt. Soldaten, immer Soldaten mit ihren Gewehren! Wenn sie Lust hatten, haben sie auf die Leute eingeschlagen, so wie sie Lust hatten. Ich war damals fünfzehn, sechzehn Jahre alt. Wir haben gedacht, wir kommen hier nicht mehr lebend raus. Wir hatten an und für sich schon mit dem Leben abgeschlossen. Und dann haben sie uns – Gott sei Dank – nachher durch Ostdeutschland transportiert, was damals die Russen besetzt hatten. Sie hätten uns auch in der Ostzone abladen können. Das waren auch wieder Viehwagen. Sie hatten wohl gar nichts anderes, was weiß ich.

Sie haben immer wieder angehalten. Dann sind wir aber – Gott sei Dank – über die Grenze gekommen Richtung Lübeck. Und dieser Ort da hieß Pöttendorf. Da kamen wir wieder in solch große Wellblechbaracken rein. Das war jetzt hinter Lübeck, war aber jetzt Westdeutschland. Das war jetzt nicht mehr bei den Russen. Da wurden wir entlaust und was wir hatten. Läuse hatte ich nicht, aber manche Leute hatten auch Läuse und ach was. Aber wir waren erst mal in Sicherheit. Wir haben uns nach langer Zeit zum ersten Mal wieder in Sicherheit gefühlt.

Der Transport im Viehwagen war im Mai, Juni 1945. Es war heiß im Wagen, aber es hat auch geregnet. Es war so unterschiedliches Wetter zu der Zeit. Im Winter war es sehr, sehr kalt und im Sommer war es auch sehr heiß. Es waren im Winter minus dreißig Grad. Im Viehwagen war keine Gelegenheit zu sitzen, da war kein Stuhl. Wir haben uns hingehockt oder waren gestanden. Wir konnten uns gar nicht bewegen, die Waggons waren ja voll Menschen gestopft. Männer waren fast keine dabei, nur Frauen und Kinder und ältere Männer, ältere Leute.

Wir hatten gar nichts, wir haben uns alle so miteinander unterhalten. Es gab keinen Streit im Wagon. Wir saßen alle in einem Boot und haben alle zusammengehalten und haben alle nur um unser Leben gebangt. Wenn jemand was zu essen hatte, hat er es geteilt.

Mein Vater war damals fünfzig Jahre alt. Mein Vater ist mit rausgekommen nach Lübeck.

Wenn ich denk, diese Flüchtlingstrecks, die von Ostpreußen gekommen sind, mein Gott, da sind die über die Weichsel, über das Frische Haff, man kam ja von Elbing, da sind die mit Pferdewagen über dieses Eis oder auch über dieses Eis in der Ostsee. Wir hatten kalte Winter, da war die Ostsee zum Teil zugefroren. Ja, und dann sind die mit den, wenn es mal so einen Knacks oder was gab im Eis, mit Pferdewagen, mit all den Menschen da ertrunken.

Und meine Schwiegermutter, die ist von Elbing, die ist mit einer Freundin nach Danzig. Die ist dann nach Danzig geflüchtet. Und die wollten dann auf die Gustloff, die damals mit Tausenden von Menschen untergegangen ist, die ganze Ostsee war ja verbombt, und voll Minen und alles. Und die wollte auf die Gustloff. Das Schiff war wohl von oben bis unten so voll, die konnte da nicht mehr rauf. Und das war, was ihr Leben gerettet hat. Dadurch hat die überlebt. Und die Gustloff ist ja dann auf Minen gelaufen und ist mit diesen ich weiß nicht wie vielen Menschen, tausend Menschen oder wie viele da drauf waren, untergegangen. Mit all den Flüchtlingen. In der Ostsee. Und meine Schwiegermutter und ihre Freundin, Frau Herbst hieß die, das weiß ich auch noch, und die hatten uns das nachher ja erzählt, und die ist dann auf ein Minensuchboot, auf ein Kriegsschiff, auf ein Minensuchboot. Und da waren ja noch Minensuchboote, das war ja auch noch vor Kriegsende. Und da ist die auf so ein Minensuchboot. Da haben diese Matrosen die Frauen mitgenommen. Noch mehrere. Und dann sind die über die Ostsee, und die haben die dann in Kiel, die haben in Kiel angelegt, an der Kieler Förde in Kiel. Und dadurch sind die gerettet worden. Aber die hätten können auch hochgehen. Die ganze Ostsee war vermint. Aber wenn die auf die Gustloff gegangen wären, dann wären die damals mit untergegangen.

Und dann kamen wir nachher nach Schleswig-Holstein. Da waren wir erst mal froh, dass wir da waren. Und da wurden wir da verteilt. Von dort sind wir nach Kiel gekommen, zum Leuchtturm. Wir kamen nach Schleswig-Holstein, es kamen ja hunderttausende Menschen dahin, als erstes Mal. Nachher wurden die ja verteilt über ganz Deutschland. Aber wenn man dort ankam, hörte man immer wieder „Wo kommen diese Polacken jetzt her?" Das war so herzzerreißend. Wir Flüchtlinge waren nicht erwünscht. Nein, nein. Die haben es uns sehr schwer gemacht.

Die Frau Steiger, die mit mir in Oberhausen wohnte, kam ja nach Pfeffenhausen in Niederbayern. Ihr Mann, der Herr Steiger ist dann, weil in Bayern keine Arbeit war, ins Ruhrgebiet gegangen. Wir haben da ja die ganzen Jahre zusammengewohnt. Frau Steiger ist ein bisschen später eingezogen. Aber 35 Jahre haben wir zusammen da gewohnt. Er war von Bayern. Und sie war auch ein Flüchtlingsmädchen von Schlesien. Ihr Vater war Zollinspektor. Das waren nette und ordentliche Leute. Der Herr Steiger hat sich dann in dieses Flüchtlingsmädchen verliebt. Da war was los in Pfeffenhausen! Der wurde enterbt, da wurde alles Mögliche gemacht. Die Eltern kamen nie nach

Oberhausen. Die wollten nicht, dass ihr Sohn das Flüchtlingsmädchen heiratet.

Als die uns aber nachher kannten in Schleswig-Holstein, haben sie uns nicht mehr schlecht behandelt. Zuerst haben die gesagt: „Mein Gott, wo kommen diese Polacken alle her?" Das war herzzerreißend. Und dann haben die gesehen, dass wir auch nette, ordentliche Leute sind. Mein Vater war so, dass er auf Leute zuging. Er hat bald schon auch mit den Leuten und Wärtern Kontakt aufgenommen und hat sich mit ihnen unterhalten. Und dann haben die gesagt: „Ja Mensch, das sind ja auch nette Leute!"

Nachher haben wir sogar da oben beim Leuchtturmwärter, bei Grieses eine Wohnung bekommen. Da haben sie gesagt: „Ihr braucht nicht in der Baracke zu wohnen. Ziehen Sie mit Ihren drei Kindern doch hier bei uns ein." Da waren drei Leuchtturmwärter, die sich immer abgewechselt haben, jede Woche. Jeder hat in einem Haus gewohnt. Wir konnten dann bei einem im Haus wohnen.

Mein Bruder war ja auch ein Schelm. Der Herr Griese, der hatte Hühner und auch einen Hahn. Und die anderen hatten ja auch Hühner. Und Manfred, dieser Lausbub, der muss wohl diesen Hahn dermaßen geärgert haben oder weiß ich was. Wir wissen es nicht. Er hat es nie preisgegeben, was er mit diesem Hahn gemacht hat. Er war damals zehn Jahre alt. Er musste nach Strande, einem kleinen Ort an der Kieler Förde in die Schule. Da wurde extra für die Flüchtlingskinder und andere eine Schule eingerichtet. So viele Flüchtlingskinder wie da jetzt kamen, da war keine Schule dafür da. Da haben die extra eine Baracke gebaut, aber sehr schön für die Kinder. Und da musste mein Bruder zur Schule. Der musste dann vom Leuchtturm, das waren etliche Kilometer, zur Schule laufen durch so einen kleinen Märchenwald immer am Strand entlang. Und jedes Mal,

144

wenn der aus der Schule kam, und dieser Hahn hat ihn gesehen, dann ist der auf den zu. Mein Bruder musste stiften gehen. Und mein Vater musste schon immer dastehen und aufpassen, wenn der Manfred aus der Schule kam. Der Hahn, der hätte ihn sonst zerhackt. Aber er muss ihm mal was gemacht haben. Und deshalb blieb nachher weiter nichts übrig, da hat der Herr Griese den Hahn geschlachtet.

Mein Mann und ich hatten in Schleswig-Holstein geheiratet, ich mit 20 Jahren, da ist die Christina, unsere Tochter, auch geboren, am Leuchtturm. Und dann sind wir umgesiedelt worden nach Rheinlandpfalz, nach Staudernheim. Und in Staudernheim da wollte man uns als Flüchtlinge auch nicht so. Das war dort nicht mehr genauso schlimm wie in Schleswig-Holstein. Das war 1950. Im September 1950 haben sie uns nach Staudernheim gebracht. Und da galt es Arbeit zu kriegen. In Schleswig-Holstein waren ja alle Flüchtlinge, und die wurden dann auf Deutschland verteilt. Und dabei hat man meinem Mann angeboten, nach Rheinland-Pfalz umzusiedeln, in die Ecke Main, an der Nahe. Das war traumhaft, traumhaft schön. Eine schöne Gegend an der Nahe: Bad Kreuznach, Ida Oberstein, Sobernheim, Staudernheim. Aber da war auch keine Arbeit. Wir waren drei Jahre in Staudernheim, da hat mein Mann gesagt: „Nein, hier können wir nicht bleiben. Hier hat unser Kind keine Zukunft." Na ja, da kamen die vom Bergbau dorthin werben, und da sagte mein Mann: „So, das ist die einzigste Möglichkeit, dass wir hier arbeiten. Wir hatten kein Geld, um selbst den Umzug zu bezahlen. Wir wären sofort wieder zurück nach Schleswig-Holstein, aber wir hatten kein Geld. Und diese Umsiedelung, die hat der Staat bezahlt. Und dann hat er gesagt: Das ist die einzigste Möglichkeit. Und dann ist er am 9. Februar 1953 allein nach Oberhausen, in den Bergbau nach Oberhausen.

Mein Vater war 73, wie er gestorben ist. Der ist nachher in Köln gestorben. Ja, wir wollten gar nicht den Hitler wählen. Auch mein Vater nicht. Den haben sie zuletzt gezwungen, in die Partei einzutreten. Sonst hätten sie ihm sein Geschäft zugemacht.

Ich sage oft zu meinen Nachbarinnen: „Ihr könnt zu jeder Zeit in eure Heimat fahren. Das kann ich nicht. Ihr wart wohl vierzig Jahre DDR, wir aber haben alles verloren. Wir haben die Heimat verloren, wir haben alles verloren."

Ja, und diese Russlanddeutschen, die nach Deutschland gekommen sind, das sind Leute wie ich, wie ich und du. Die bei uns gelebt haben und echte deutsche Menschen waren und die nach Russland verschleppt wurden. Wenn wir als junge Mädchen nach Russland gekommen wären, die hätten uns auch mit Russen verheiratet oder irgendwas oder wir wären nach Sibirien gekommen. Vielleicht hätten wir es gar nicht überlebt. Und das sind Menschen aus meiner Heimat, aus Ostpreußen, von ganz Ostdeutschland.

Ich will hier eins sagen, ich hab mein ganzes Leben, hab ich gedacht, noch bis heute, wie konnte der Hitler als Österreicher deutscher Reichskanzler werden? Wie konnte der überhaupt Führer über Deutschland werden? Das hätten die doch müssen verhindern und ablehnen. Und nicht so einen wahnsinnigen Menschen ins Land zu lassen. Und was muss Deutschland heute noch dafür bezahlen! Noch heute. Was hat der doch für ein Unheil angerichtet! Über ganz Deutschland. Der wollte die ganze Welt erobern. Der war ja wirklich wahnsinnig, der war ja schlimmer als der Saddam Hussein. Ich erinnere mich noch genau an die Hitlerzeit. Auf der Straße musste man die Hände hochreißen zum Gruß „Heil Hitler!" und stehenbleiben und „Heil Hitler!" sagen zu jedem und allem. Und mittwochs mussten wir zu einem BDM-Dienst (Bund Deutscher Mädchen) erscheinen. Da hatten wir so blaue Röcke und dann so eine weiße Bluse und dann so in Gelb so einen Schlips mit so einem Knoten. Das war die vorgeschriebene Tracht. Man musste es, man musste es. Man musste mittwochs erscheinen für ein paar Stunden nachmittags und morgens in die Schule von acht bis ein Uhr und um drei Uhr da erscheinen. Da haben wir über Hitler gesprochen.

Was mit den Flüchtlingsmenschen passiert ist, wie wir von den Russen behandelt wurden, davon spricht heute kein Mensch. Das ist ja den Menschen in Schlesien, Ostpreußen, Böhmen und Mähren, denen ist es allen so ergangen, allen durch die Bank.

Der Manfred, mein Bruder, der kann sich an nichts mehr erinnern.

Edeltraud Haase lebte zuletzt in Bernau am Chiemsee. Sie verstarb am 29. April 2021 in den Armen ihrer Tochter Christina.

aufgezeichnet am 24. Januar 2007

Schütze Heinz Förster 1942

Einer von Tausenden

Heinz Förster, Jahrgang 1921, erlebte den Zweiten Weltkrieg von 1941 bis 1945 als Soldat und Kriegsgefangener. Seine Erlebnisse im Krieg und in der Gefangenschaft konnten anhand eines Tagebuchs rekonstruiert werden.

Kindheit und Jugend

Heinz Förster erblickte im April 1921 in Leipzig das Licht der Welt. Er war das einzige Kind seiner Eltern. Schon bald verließ der Vater Frau und Sohn. Die kränkelnde Mutter kümmerte sich nunmehr alleine liebevoll um ihren Heinz. Oftmals musste sie wegen ihrer chronischen Lungenkrankheit in ein Sanatorium. In dieser Zeit wurde der Junge in Kinderheimen untergebracht.

Nachdem Heinz die Volksschule abgeschlossen hatte, kam er bei der evangelischen Kirche in deren Leipziger Literaturverlag als Lehrling unter.

Da seine Mutter nicht hinreichend Geld für die entsprechende Kleidung aufzubringen vermochte, war Heinz nur kurze Zeit bei der Hitlerjugend. Er fand Halt und Anerkennung in der evangelischen Kirchengemeinde. Seine freie Zeit verbrachte er mit Freunden und Freundinnen. Höhepunkt in seiner Jugend war für ihn die Konfirmation.

Heinz war Albino und hatte zeit seines Lebens Probleme mit den Augen. Das bewirkte, dass er zunächst als wehruntauglich eingestuft wurde. Dies wiederum kam seiner Lebenseinstellung als junger Mann durchaus entgegen, denn er war alles andere als ein begeisterter Soldat.

Als der Krieg sich immer mehr ausbreitete, wurde auch Heinz Förster trotz der Einschränkungen, was seine Augen betraf, zum Wehrdienst herangezogen.

Einberufung

Am 28. Dezember 1941 erhält Heinz Förster seinen Einberufungsbescheid zum aktiven Wehrdienst. Am 21. Januar 1942 hatte er sich bis 11:00 Uhr beim Lds. Schtz. Ers. Batl. 50, Taber Stellplatz: Lpzg.-O. 1, Wintergartenstraße 1, im Krystallpalast (Erdg.) zu melden.

Der Einberufungsbefehl und der Wehrpass sind mitzubringen und bei der Dienststelle abzugeben. Bei unentschuldigtem Fernbleiben hat er Bestrafung nach den Wehrmachtsgesetzen zu gewärtigen. Die besonderen Anordnungen sind genau zu beachten. Der Einberufungsbescheid gilt zugleich als Fahrtausweis auf der Eisenbahn.

Es sind, soweit bereits in Besitz und vorhanden mitzubringen:

Marschstiefel bzw. Schnürschuhe, je zwei Hemden und Unterhosen, drei Paar Strümpfe und Fußlappen, eine Unterjacke, zwei Handtücher und drei Taschentücher, Fingerhandschuhe, Kopfschützer und eine wollene Decke, Tornister, Koppel, Feldtasche mit Trinkbecher, Brotbeutel, Besteck, Zeltbahn, Vorhängeschloss. Bei Brauchbarkeit werden die Stücke vergütet.

Weiterhin sind mitzubringen:

Hosenträger, Brustbeutel, Nähzeug (Nadel, Schere, Fingerhut, Knöpfe), Rasierapparat oder Rasiermesser und Spiegel, Kopfbürste und Kamm, Handkoffer oder Pappkarton mit Bindfaden, Postpaketadressen und Anhänger zum Verpacken

der zurückzusendenden eigenen Zivilkleider, Verpflegung mög-
lichst für zwei Tage.

Ein Sonntag in der Weihnachtszeit 1942

Wehrdienst

Von 30. März 1942 bis 16. Mai 1942 nimmt Heinz Förster an einem Schreiberlehrgang in Prag teil. Als Voraussetzung kann er Kenntnisse in Kurzschrift, wenn auch nur ganz geringe, und im Maschinenschreiben vorweisen. Nach Ende des Lehrgangs schafft er 100 Silben in der Minute in Kurzschrift und 140 Reinanschläge auf der Schreibmaschine und erreicht somit eine Punktezahl von 153, was mit „gut" bewertet wird.

Prag 1942

Am 19. Juli 1943 schreibt der Truppen- und Oberarzt Dr. Merkel folgenden Antrag für den Oberschützen Heinz Förster des 3. Landesschützen Bataillons 855:

Vorgeschichte und eigener Befund: In der Familie keine Besonderheiten, auch keine Erb- und Geschlechtskrankheiten.

F. selbst nie ernstlich krank gewesen, von Geburt kurzsichtig, wegen einer Nystagmus horizontalis ist F. L23, gvH. Er war immer vom Schießen befreit gewesen und hat nur in der Schreibstube Dienst getan.

Es wird um fachärztliche Begutachtung gebeten, ob eine Änderung des Tauglichkeitsgrades vorgenommen werden und ob F. zum Exerzieren und Schiessdienst herangezogen werden kann.

„gvH" bedeutete garnisonverwendungsfähig Heimat, d. h. verwendbar bei Einheiten in der Heimat und in den besetzten Gebieten.

Der Oberarzt Anger bestätigt in seinem fachärztlichen Befund vom 26. Juli 1943, dass Heinz Förster zum Schießen untauglich sei, und begründet dies mit Nystagmus horizontalis, geringem Einwärtsschielen des rechten Auges, pigmentiertem Augenhintergrund und Albinismus.

Der Kampf um Aachen

Am 14. Oktober 1944 erreicht Heinz Förster mit seiner Truppe Aachen. Es gilt die Stadt gegen die anrückenden Amerikaner mit allen Mitteln zu verteidigen.

Während der Kämpfe lebten in Aachen selbst nur noch 20.000 von ursprünglich 160.000 Einwohnern. In militärischer

Hinsicht spielte die Stadt keine große Rolle, da die Hauptkampflinie am Westwall, der sogenannten Siegfried-Linie, östlich der Stadt verlief und Aachen nur durch schwache Befestigungen in diese integriert war. Ziel der Alliierten war, den Westwall anzugreifen bzw. zu durchstoßen. Die verteidigenden deutschen Kräfte waren eher als schwach einzustufen.

Ab dem 12. Oktober 1944 war Oberst Gerhard Wilck, von Hitler beauftragt, als Kommandant für die Verteidigung von Aachen verantwortlich.

Die alliierten Kräfte, die an der Schlacht um Aachen beteiligt waren, bestanden aus dem amerikanischen VII Corps und dem XIX Corps, die auf beiden Seiten der Stadt angriffen.

Auf deutscher Seite kämpften vier schwache Divisionen von zusammen etwa 18.000 Mann und der Garnisonstruppe, deren Führung Oberst Gerhard Wilck übernahm. Hitler teilte Wilck etwa 5.000 Soldaten des Volkssturms zu.

Ein Sturmangriff seitens der Amerikaner auf Aachen erfolgte zunächst nicht, da sich die beiden US-Divisionen gegen schwere deutsche Gegenangriffe wehren mussten, die bis zum 19. Oktober 1944 andauerten.

Am 12. Oktober 1944 griff das 26. Infanterieregiment der 1. US-Infanteriedivision die Innenstadt von Aachen direkt an. Ein Bataillon des Regiments besetzte die Fabrikanlagen im Nordosten der Stadt, zwei weitere Bataillone starteten am 13. und 14. Oktober einen Angriff in Richtung des Lousbergs, an dessen Fuß sich in einem Luftschutzbunker, dem Rütscherbunker, das Hauptquartier der eingeschlossenen Aachener Verteidigungskräfte befand. Es gelang auch die Besetzung einer anderen wichtigen Erhebung im Norden, die den US-Truppen einen Überblick über die Stadt bot. Am 15. Oktober 1944 wurde dem 26. Infanterieregiment ein weiteres Bataillon zugeteilt, um die eroberten Stadtteile zu besetzen. Kurz darauf wurde eine gemischte Task-Force aus einem Panzer- und einem Infanteriebataillon eingesetzt, die bis zum 19. Oktober 1944 das Angriffsziel nach schweren Kämpfen nehmen konnte.

Oberst Wilcks Befehle

Am 12. Oktober 1944 wird Oberst Gerhard Wilck von Adolf Hitler als Kommandant zur Verteidigung Aachens eingesetzt. Mit seinem Kommandobefehl versucht er den Kampfwillen der dort kämpfenden deutschen Soldaten zu stärken:

Der Kampf um Aachen steht auf seinem Höhepunkt. Wir verteidigen die Stadt bis zum Letzten.

1.) Diese Verteidigung ist wirksam nur dann möglich, wenn stellungsmäßig die nötigen Voraussetzungen hierfür geschaffen werden. Die Führer aller Grade müssen dem Stellungsbau mehr Beachtung schenken. Er ist überall mangelhaft und dabei die Grundlage jeder Verteidigung. Jeder Soldat muss einen Kampfstand haben. Dieser kann in einem Haus liegen oder ein Schützenloch sein. Sperrungen aller Art sind anzulegen. Panzersicherheit der Stellung ist mit allen Mitteln anzustreben.

2.) Mit der amerikanischen Infanterie werden wir gut fertig, nur dürfen wir nicht von ihr überrascht werden. Dringend notwendig ist daher die Aufmerksamkeit aller Soldaten, vornehmlich der Posten. Daher primitivste, aber sichere Alarmvorrichtungen schaffen.

3.) Die schweren Waffen müssen mehr Verbindung zur vordersten Linie halten und bei einem möglichen Angriff oder einer Bereitstellung dazu oder einer beobachteten Ansammlung diese zerschlagen.

4.)   Die einzelnen Waffengattungen müssen sich gegenseitig mehr zusammenfinden, aussprechen, Beobachtungen austauschen und unterstützen.

5.)   Die Führer aller Grade haben ein Gerücht oder eine Alarmmeldung sofort mit allen Mitteln zu klären, bevor sie weitergegeben wird, zum Beispiel verlorener Anschluss usw.

Wilck Oberst und Kampfkommandant

Bald schon, am 15.10.1944, erließ Oberst Wilck aus dem sicheren Kommandobunker einen neuen Befehl:

An die Soldaten der Kampfgruppe Aachen

Die Kampfgruppe von Aachen rüstet sich zu ihrem letzten Kampf. Auf engen Raum zusammengedrängt wird sie sich gemäß dem Befehl des Führers bis zum letzten Mann, bis zur letzten Granate und bis zur letzten Patrone verteidigen.

Ich erwarte – nach dem verachtungswürdigen schlimmen Verrat einzelner – von jedem der letzten Verteidiger der altehrwürdigen Kaiserstadt Aachen Pflichterfüllung bis zum letzten, getreu unserem Fahneneid, Tapferkeit und entschlossenen Willen zum Durchhalten.

Es lebe der Führer und unser geliebtes deutsches Vaterland!

Wilck
Oberst und Kampfkommandant

Kampfkommandant Aachen

Der Kampf um Aachen steht auf seinem Höhepunkt. Wir verteidigen die Stadt bis zum letzten.

1.) Diese Verteidigung ist wirksam nur dann möglich, wenn stellungsmäßig die nötigen Voraussetzungen hierfür geschaffen werden. Die Führer aller Grade müssen dem Stellungsbau mehr Beachtung schenken. Er ist überall mangelhaft und dabei die Grundlage jeder Verteidigung. Jeder Soldat muß einen Kampfstand haben. Dieser kann in einem Haus liegen oder ein Schützenloch sein. Sperrungen aller Art sind anzulegen. Panzersicherheit der Stellung ist mit allen Mitteln anzustreben!

2.) Mit der amerikanischen Infanterie werden wir gut fertig, nur dürfen wir nicht von ihr überrascht werden. Dringend notwendig ist daher die Aufmerksamkeit aller Soldaten, vornehmlich der Posten. Daher primitivste aber sichere Alarmvorrichtungen schaffen.

3.) Die schweren Waffen müssen mehr Verbindung zur vordersten Linie halten und bei einem fdl. Angriff oder einer Bereitstellung dazu oder einer beobachteten Ansammlung diese zerschlagen!

4.) Die einzelnen Waffengattungen müssen sich gegenseitig mehr zusammenfinden, aussprechen, Beobachtungen austauschen und unterstützen!

5.) Die Führer aller Grade haben ein Gerücht oder eine Alarmmeldung sofort mit allen Mitteln zu klären, bevor sie weitergegeben wird, z.B. verlorener Anschluß usw.

Wilck

Oberst und Kampfkommanda

Kommandobefehl Aachen vom 12.10.1944

Am 20. Oktober 1944, einen Tag vor der Kapitulation, ließ Oberst und Kampfkommandant Wilck folgende Nachricht an die Truppen verteilen:

Ganz Deutschland sieht mit Stolz und Bewunderung auf unseren Kampf.

Folgende Funksprüche gingen heute Nacht ein. Sie sind der Truppe bekanntzugeben.

Ganz Deutschland erwartet von der Kampfgruppe Aachen die Verteidigung der alten Stadt.

gezeichnet Himmler

Für Kampfleistungen am 19.10.1944 meine besondere Anerkennung und besten Wünsche für weitere erfolgreiche Durchführung der gestellten Aufgaben.

gezeichnet Model
Generalfeldmarschall

Ihr Kampf um die alte Kaiserstadt wird von ganz Deutschland mit Bewunderung und atemloser Spannung verfolgt. Sie kämpfen für die Ehre der nationalsozialistischen deutschen Armee.

Der Oberbefehlshaber der 7. Armee
gezeichnet Brandenberger
General der Panzertruppen

Das LXXXI. A. K. zollt den bis zum letzten für Führer und Volk kämpfenden tapferen Verteidigern von Aachen höchste Anerkennung.

gezeichnet Köchling
General der Infanterie

Am 21. Oktober um 12:05 Uhr kapitulierte Oberst Wilck und ging mit 3.473 Mann in Gefangenschaft, nachdem US-Truppen zu seinem Befehlsstand durchgebrochen waren.

Durchhalteparolen vom 20.10.1944

Gefangenschaft

Am 21. Oktober 1944 ist für Heinz Förster der Krieg zu Ende. Um 11:00 Uhr ergibt sich sein Bataillon. Sie hissen die weiße Fahne, allen Kampfkommandos und Durchhalteparolen zum Trotz, und übergeben den Rütscherbunker den Amis. Unter deren Bewachung marschieren sie zunächst zum Roland-Platz in Aachen und werden dann auf LKWs in ein sechs Kilometer entferntes Sammellager gebracht.

In einem Rundbrief der Leipziger Mission vom Februar 1945 wird berichtet:

Über unseren Verlagsgehilfen Heinz Förster und unseren Missionsinspektor Pfarrer Weidauer liegen Meldungen vor, dass sie in den schweren Kämpfen im Westen vermisst sind. Es besteht begründete Hoffnung, dass sie noch am Leben und in amerikanische Gefangenschaft geraten sind. Besonders haben das Kameraden von Bruder Weidauer bezeugt und auch die amtliche Meldung weist auf diese Möglichkeit hin. Ein direktes Lebenszeichen von ihm liegt aber leider nicht vor. Wir wollen diese Brüder und ihre Angehörigen besonders in unsere Fürbitte einschließen, auch aller unserer Soldaten in den blutigen Kämpfen dieser Tage treulich gedenken.

Es grüßt Sie herzlich
Ihr getreuer C. Ihmels

Kriegstagebuch

September / Oktober 1944

24.09.1944	14:00 Uhr ab Luschtinetz (im Güterzug)
26.09.1944	03:00 Uhr an Jülich
26.09.1944	16:00 Uhr mit LKW nach Mariadorf
28.9.1944	04:00 Uhr mit LKW nach Aachen (Schloss Rahe)
5.10.1944	03:00 Uhr mit LKW nach Floverich; Floverich liegt im nördlichen Stadtteil von Baesweiler in der Städteregion Aachen
Nacht vom 5.10. auf 6.10.1944	12 Stunden Schlaf
Nacht vom 6.10. auf 7.10.1944	Immendorf (Dort befindet sich der Verwaltungssitz von Loverich.)
6.10.1944	12:00 Uhr Panzerdurchbruch bei Floverich
7.10.1944	06:00 Uhr mit einem Handwagen nach Puffendorf

7.10.1944	07:00 Uhr mit dem Fahrrad von Floverich nach Puffendorf über Gereonsweiler (Das Dorf Gereonsweiler ist ein Stadtteil von Linnich im Kreis Düren. Es liegt an der Bundesstraße zwischen Linnich und Puffendorf.)
7.10.1944	08:30 Uhr allein mit Wagen von Gereonsweiler nach Floverich und zurück; Ankunft nachts um 01:20 Uhr
Nacht vom 7.10. auf 9.10.1944	Gereonsweiler
10.10.1944	05:00 Uhr mit LKW nach Pfinzweiler
10.10.1944	13:00 Uhr in Pfinzweiler eingetroffen
Nacht vom 10.10. auf 11.10.1944 und von 11.10. auf 12.10.1944	Posten schieben
13.10.1944	01:30 Uhr Posten schieben
13.10.1944	6:30 Uhr von Pfinzweiler nach Aachen
14.10.1944	01:10 Uhr Ankunft in Aachen

15.10.1944	01:10 Uhr Durchbruch nach Aachen Schloss Rahe um 6:00 Uhr gelungen. (Die Ursprünge der alten Wasser- burg Rahe gehen gemäß lokalhistori- scher Erwähnungen bis in das 13. Jahrhundert zurück.)
15.10.1944	11:00 Uhr wurde als Melder eingeteilt
16.10.1944	07:00 Uhr zu Fuß zum Rütscherbunker
21.10.1944	11:00 Uhr Die weiße Fahne! Wir ergeben uns.
21.10.1944	11:30 Uhr Übergabe des Rütscherbunkers und Marsch zum Roland-Platz (Aachen)
21.10.1944	14:00 Uhr Fahrt mit LKW zum ersten Sammel- lager (ca. 6 Km)
21.10.1944	17:00 Uhr Weiterfahrt zur Wollfabrik; Ankunft 18:00 Uhr
Nacht vom 21.10. auf 22.10.1944	in der Wollfabrik
22.10.1944	17:00 Uhr Fahrt zum Stamm- und Sammellager
Nacht vom 22.10. auf 23.10.1944	Übernachtung im Lager

23.10.1944	11:20 Uhr ab Heinrichs mit Güterzug bis Jungingen; 38 Mann
25.10.1944	07:00 Uhr Ankunft in Jungingen; Marsch zum Lager
Nacht vom 25.10. auf 26.10.1944	Übernachtung im Stall auf Stroh

November 1944

3.11.1944	16:00 Uhr Wir übersiedeln in Baracke C6; Stube 11; 50 Mann; ½ Stroh; ½ Latten. Erst waren wir 13 Mann, dann 12 und jetzt sind wir 16.
13.11.1944	**07:30 Uhr** **Unser Lager geht zum ersten Mal** **nach L zur Arbeit (Tischlerei).**
14.11.1944	Ich fühle mich nicht wohl! Kopfschmerzen, Husten, allgemeine Schwäche.
15.11.1944	Befund unverändert
16.11.1944	Wir werden aufgeteilt und sollen heute fortkommen.
16.11.1944	11:00 Uhr Ich gehe ins Revier zur Untersuchung und werde als Patient aufgenommen.

	Befund: grippaler Infekt; Temperatur 38,3 (96) Ich bekomme Brustwickel, Tee und Aspirin (2 Stunden Schwitzen).
17.11.1944	Behandlung wie am Vortag (3 Stunden Schwitzen); Temperatur steigt auf 38,8 (92).
18.11.1944	Behandlung wie am Vortag (drei Stunden Schwitzen); Temperatur 39,5 (92); Befinden noch immer unverändert; allgemeine Schwäche; vormittags kein Kopfschmerz; nachmittags starke Kopfschmerzen.
19.11.1944	Befinden unverändert; Temperatur steigt von früh 37,2 auf 40,1 (120).
20.11.1944	Befinden unverändert; Temperatur fällt früh auf 36,2; am Abend 39,3.
21.11.1944	Befinden unverändert; Temperatur hält sich zwischen 36 und 37,5.
22.11.1944	Befinden wie am Vortag; Nachmittag Blutsenkung; Ergebnis 22:50; die Ärzte sind ratlos.
23.11.1944	Befund wie am Vortag; Aufstehen?
24.11.1944	Ich werde wegen Platzmangel entlassen. Schlafe noch einmal im Revier und komme wieder zu meiner alten Gruppe zurück.
25.11.1944	Am Abend große Aufregung; wir sollen morgen in ein anderes Stammlager kommen.

26.11.1944	07:00 Uhr
	abmarschbereit; dann bis 12:00 Uhr ins B–Lager und anschließend mit drei LKW (170 Mann) über Reims nach Bazancourt (3 Stunden Fahrt). (Bazancourt ist eine französische Gemeinde im Département Marne in der Region Grand Est.)
	Wir sehen eine große Fabrik und dann – unser „Traum Lager". Lange Gesichter!
	Fünf Spitzzelte und „Hundehütten"-Verdecks von kleinen LKW sind unsere Unterkunft. 1 m circa hoch, 1,80 m breit, 3,50 m lang;
	Unterkunft für acht Mann, 1/3 Ballen Stroh, je 3 sehr dünne Decken (Rupfen);
	Ein- und Ausgang: auf jeder Seite ein Loch circa 40 × 70 cm;
	Verpflegung gut!
27.11.1944	Die Nacht war kalt. Um 7:00 Uhr Wecken. Um 8:00 Uhr geht's zur Arbeit.
	Ich habe noch zwei Tage Schonung und bleibe im Zelt. Es regnet und unser Lager wird zum Schlammlager.
	Unser WC ist eine Grube, 3 m lang, 80 cm tief und 30 cm breit. Dort hockt man sich nieder bei jedem Wetter.

	Um 12:00 Uhr kommen die Kameraden heim. Sie haben an der Straße gearbeitet. Von 13:00 Uhr bis 17:00 Uhr müssen sie wieder hinaus.
28.11.1944	Ich bin weiterhin im Lager. Es regnet weiter!
29.11.1944	Zum ersten Mal gehe ich zur Arbeit. Mit Spitzhacke und Schaufel auf dem Fabrikhof. Essen gut! Die ersten Barackenteile kommen.
30.11.1944	Arbeit wie am Vortag. Wir gehen ins Brausebad.

Ein Weihnachtsgruss an Muttel

Frankreich, den 24. Dezember 1944

Meine liebe, gute Muttel!

Heute endlich am Heiligabend kann ich Dir einen ersten lieben Gruß und Kuss senden und Dir zu diesem Fest und zum neuen Jahr alles Gute, vor allem Gesundheit wünschen.

Wie geht es dir? Schreibe bitte bald! Mir geht es gut, ich bin gesund. Wir werden gut behandelt, haben gute Unterkunft und gutes Essen und machen leichte Arbeiten. Bald ausführlicher. Viele Grüße und Küsse

Dein Heinz

Heinz Förster weiß zu diesem Zeitpunkt noch nicht, dass seine Muttel bereits am 12. Dezember 1944 verstorben ist. Sie war nicht nur aufgrund ihrer chronischen Lungenerkrankung körperlich geschwächt, auch der Kummer und die Sorge um ihren als vermisst gemeldeten Sohn hatten ihr den Lebensmut genommen.

Gefr. Heinz Förster, Gef. No. 31 G/760863, German
U.S.Army. PWI/B France. / Frankreich, den 24/12. 1944

Brief an die Mutter Weihnachten 1944

Dezember 1944

1.12.1944	Der Barackenbau beginnt. Ich habe eitrige Blasen am rechten Ringfinger. Bleibe drei Tage im Lager.
2.12. und 3.12.1944	Ich mache leichte Küchenarbeiten.
4. 12.1944	wieder auf dem Fabrikhof
5.12.1944	Die erste Baracke ist fertig und wird bezogen. Wir ziehen in ein Spitzzelt.
6.12.1944	Die erste Marketenderware: Tabak, Zahnbürste und Post
7.12.1944	wieder im Fabrik Hof
8.12.1944	Die zweite, unsere Baracke steht.

9.12.1944	Arbeit wie immer
10.12.1944	Am Sonntag beim Straßenbau und im Schlamm, weil ein General kommen soll.
11.12.1944	Wir ziehen in unsere Baracke ein. 27 Mann im Stroh auf einer Stube. Wieder ein Fortschritt!
12.12.1944	Steine fahren
13.12.1944	wieder an der Straße
14.12.1944	Eine Sensation! Es brennt elektrisches Licht. Wir haben die Küchenleitung angezapft.
15.12.1944	wieder beim Tagewerk; Wetter regnerisch
16.12.1944	Es sollen 100 Mann kommen.
17.12.1944	Ein Sonntag! Wir bauen unsere Betten und gehen brausen (eiskaltes Wasser). 119 Mann sind gekommen. 350 zählt das Lager. Wir schlafen wie im Himmel.
18.12.1944	Gerüchte über einen Gegenangriff sind zu hören.
19.12.1944	Beim Antreten um 19:00 Uhr in der Ferne Aufblitzen und fernes Grollen. Kurz darauf ist ein Flugzeug zu hören. Es kurvt ein und schon blitzt es am Nachthimmel auf und die Leuchtspurgeschosse explodieren auf dem Fabrikdach bis kurz vor un-

ser erleuchtetes Lager. Und in niedriger Höhe über uns hinwegrasend verschwindet unser deutscher Kamerad in der Ferne, ein Gefangenenlager von 350 Mann im Schlamm liegend zurücklassend. Ein einziger Jubelschrei ist zu hören! Alles ist in froher Stimmung, die noch durch die erste Verteilung von Briefen und Karten erhöht wird. Die Amis sind ganz konfus! Am Abend sind zwei Baracken gekommen, es stehen nun sechs Stück.

20.12.1944   „Erfreuliche Nachrichten" aus amerikanischen Zeitungen: Unser Vormarsch beginnt wieder!
Die Amis laufen mit Stahlhelm, Gewehr und Gasmasken herum.
Neger sind zur Bewachung gekommen.

21.12.1944   Abends sind unsere Flieger wieder da. Die Verpflegung wird rapide schlechter.

22.12.1944   Gute Nachricht!
Frohe Weihnachtsstimmung

23.12.1944   Eine kleine Kiefer ist als Christbaum eingetroffen. Zu zweit arbeiten wir fleißig am Christbaumschmuck.

24.12.1944   Heiligabend!
Ich habe eine wunderschöne Arbeit.
Ich darf den Christbaum anputzen.
Verpflegung ist schlecht.

Am Abend kommt unser Weih-
nachtsgeschenk vom Amerikaner.
Um 19:00 Uhr werden Kisten von
zwei LKW entladen. Alles muss am
Tor antreten.
Allgemeine Meinung: Rotkreuz-
Christkind-Kisten.
Einer bringt die Nachricht: Uns soll
PW auf die Kleidung gemalt werden.
Alles ist verstört. So etwas an
Heiligabend. Und doch Heiligabend
ist die Wirklichkeit noch viel
gemeiner. Wir werden angemalt wie
die Clowns, mit blauer Farbe im
Gesicht. Ein breiter Strich senkrecht
am Haaransatz bis zur Nasenspitze,
von da waagrecht bis zu den Ohren
und dann unter dem Kinn
zusammenlaufend.
 Die Weihnachtsstimmung ist
verflogen. Unser Baum wird aber
trotzdem noch angebrannt und wir
singen ein paar Weihnachtslieder.
Ich bleibe mit zwei Kameraden
noch auf, wie schon alles schläft.
Und wie auch diese gegen 12:00 Uhr
(Mitternacht) verschwinden, baue
ich mir meinen Weihnachtstisch auf
und feiere allein das Christfest. Ganz
im Stillen für mich. An Daheim den-
kend, hab noch mal die Lichter am
Baum angezündet. Mit diesem Bild
vom Adventskranz und -Stern und

dem strahlenden Christbaum bin ich zu Bett gegangen und hab gut geschlafen.

Vor dem Schlafengehen am Heiligabend wurde auch der Befehl des Anmalens im Gesicht und an den Fingern zurückgenommen und wir dürfen uns waschen.

25.12.1944	Heute ist unser Feiertag. Die Arbeit ruht. Am Nachmittag schießen die Amis auf eigne Artillerieaufklärer. Das Essen ist weiter schlecht.
26.12.1944	Wir arbeiten am Motor-Pool. Um 16:30 Uhr werden wir von einem Offizier und sechs Negern abgeführt. Alles sieht wie Rückzug der Amis aus. Es ist aber nur eine Übung. Nachts sind die Kameraden der Luft wieder da.
27. bis 30.12.1944	Arbeit am Flugzeugfriedhof
31.12.1944	Nachts um 03:30 Uhr Appel. Fünf Mann sind geflohen, zwei Mann sind am Nachmittag gefasst worden. Die restlichen sollen tot sein. Am Abend bleibe ich bis 24:00 Uhr auf und wünsche meiner Muttel alles Gute zum Neuen Jahr. Habe die Briefe vom letzten Jahr gelesen. Punkt 12:00 Uhr sind die Kameraden aus der Luft wieder da.

Gefangenenlager Fabrik 1944

Anmerkung:

Warum die Amerikaner den deutschen Kriegsgefangenen am Heiligen Abend 1944 ein blaues Kreuz aufs Gesicht malten, konnte nicht geklärt werden. Die Ehefrau des Tagebuchschreibers vermutet, dass dies eine Strafmaßnahme oder Warnung war, weil die Gefangenen einige Tage zuvor dem deutschen Tiefflieger, der über das Lager flog, zugejubelt hatten.

174

Januar 1945

1.1.1945	Keine Arbeit! Ein Kamerad wird misshandelt und bekommt sieben Tage Arrest wegen des Besitzes eines Messers.
2.1. bis 4.1.1945	Arbeit an der Plattform
5.1.1945	Es schneit und regnet. Wir legen Steine und ich bin pudelnass. Nachmittags mit LKW Steine fahren. Abends habe ich Fieber (40,2).
6.1.1945	beim amerikanischen Arzt; zwei Tage light-Duty (leichter Dienst); morgens fieberfrei, abends erhöhte Temperatur
7.1.1945	im Lager; erhöhte Temperatur; abends Neueinteilung durch eigene Flugzeuge gestört
8.1.1945	morgens Neueinteilung; im Lager und Fieber
9.1.1945	wieder beim Arzt; nachmittags in Reims zum Röntgen
10.1.1945	Ich bin revierkrank. Etwas Fieber 37,5 bis 38,5. Liege in meiner Stube, da Revier noch im Bau.
11.1. bis 13.1.1945	weiterhin im Bett
14.1.1945	Ich ziehe ins Revier um. Weiterhin Temperatur.
16.1.1945	ein kleiner Schwindelanfall

18.1.1945	Röntgenbefund: normale Lungenentzündung. Ich soll am 20. Januar ins Lazarett.
20.1.1945	Visite; vom Lazarett kein Wort; wieder im Bett. 100 Mann kommen nach. Ein katholischer Kaplan ist gekommen. Zwei sind auf der Flucht erschossen worden. Wir haben einen Leutnant als neuen Lagerkommandanten.
21.1.1945	Ich fühle mich wohl, bleibe aber weiter im Bett. Die Kälte, die am 10. Januar begann, hat ihren Höhepunkt erreicht.
22.1.1945	Ein deutscher Unterarzt ist gekommen.
23.1.1945	Der amerikanische Arzt bestimmt, dass ich um 13:00 Uhr ins Lazarett soll. Unser Arzt rät ab und übernimmt die „Behandlung".
24.1. bis 26.1.1945	weiter im Revier
27.1.1945	Ich werde vom amerikanischen Sanitäter aus dem Revier entlassen, soll dem Arzt aber noch einmal vorgestellt werden, da unser Arzt ein Geräusch an der Lunge festgestellt hat. Bis dahin light Duty.
28.1. bis 6.2.1945	Täglich leichte Arbeit im Lager. Der Arzt kommt nicht.

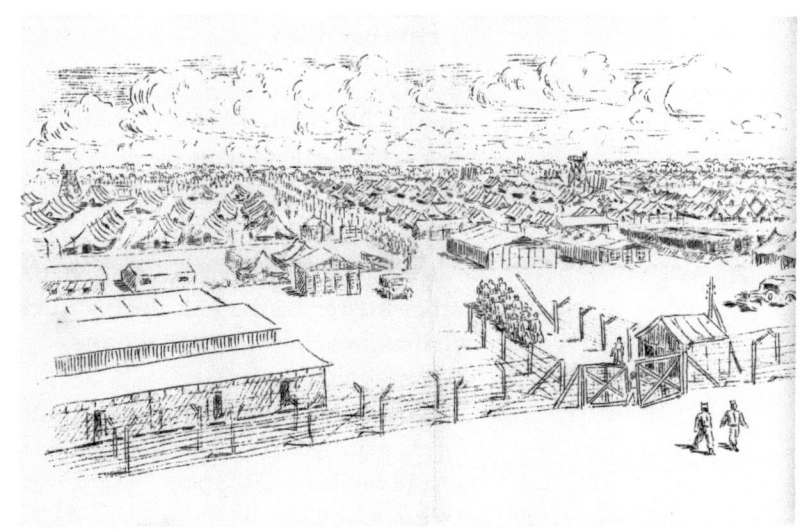

Amerikanisches Lager für Kriegsgefangene 1945

Februar 1945

4.2.1945	in der Fabrik und Holz tragen
7.2.1945	Der deutsche Arzt ist da. Ich bin kv (kriegsverwendbar) für Med. Control.
8.2.1945	Morgens will ich zur Arbeit gehen, aber Mister Laube hält mich zurück. Ich soll nach Attigny (Ardennes) kommen. Vorsprache beim Lagerführer und Arzt erfolglos. Am Nachmittag Arbeit; Med. Control; Kamerad Rudi soll auch mit. Ich packe meine Sachen.
9.2.1945	Arbeit bei der Med. Control
10.2.1945	Arbeit wie am Vortag. Morgen soll es fortgehen. Am Abend plaudere ich noch bis 12:00 Uhr mit Kamerad Herbert Schirmer.
11.2.1945	Früh beim Antreten werden wir verlesen und Herbert ist mit dabei. Ich freue mich sehr. Um 9:00 Uhr stehen wir mit Gepäck bereit. 11:00 Uhr große Durchsuchung; Dienstag geht's fort. In Erwartung im Lager; keine Arbeit.

12.2.1945	Früh antreten; Durchsuchung. Um 19:30 Uhr gehen 37 Mann auf die Reise.
13.2.1945	12:00 Uhr Ankunft mit LKW in Attigny. Herbert kann schlecht laufen und kommt ins Revier I. Im Lager 3 wird av3 von den anderen getrennt und untersucht. Ich werde für drei Monate av3 du nach Lager 4 verwiesen, wo ich Herbert auf der Schlammwiese wieder treffe. Mit 30 Mann in einem Spitzzelt. Essen gut und reichlich. Kalt.
14.2.1945	Nachmittags schönes und warmes Wetter. Ich gehe mit Herbert spazieren. Wir sehen eine Menschenansammlung . Es ist ein evangelischer Gottesdienst und ich erkenne im Prediger den Missionspfarrer Weidauer aus Leipzig. Die Freude ist auf beiden Seiten gleich groß. Ich lerne Pfarrer Hermann Grundherr kennen. Hans Weidauer will versuchen, mich im Prison Office oder als Bibliothekar unterzubringen.

15.2.1945	Große Wäsche, rasieren usw. Um 10:00 Uhr kommt Hans. Um 11:30 Uhr geht's zu Kaplan Zimmermann. Ergebnis: keine freie Stelle.
16.2.1945	Früh am Morgen kommt Grundherr und nimmt mich mit ins Lager 8, wo ich als sein Gehilfe eingesetzt werde. Erste Arbeit: Gottesdienst in Lager 4. Wohnen tun wir bei den Schneidern. Sechs Mann ein Hundezelt. Dreieinhalb Ballen Stroh, vier Decken, sehr gutes Essen.
17.2.1945	Herbert kommt in unser Lager als Dolmetscher. Mittwoch, Freitag und Sonntag ist Gottesdienst. Ich muss assistieren. Abends Unterhaltung mit Herbert. Im Zelt habe ich Küchendienst. Ich bin zufrieden. Essen gut. Hans kommt öfter.
23.2.1945	Wir schachten aus von 17:00 Uhr bis 22:00 Uhr. Die Werkstube ist fertig. Am anderen Morgen helfen wir wieder zufüllen. Aber dann bleibt es doch beim Alten.
25.2.1945	mit Herbert die erste Englisch Stunde
26.2.1945	Herbert kommt als Bataillons-schreiber nach Cage 7.

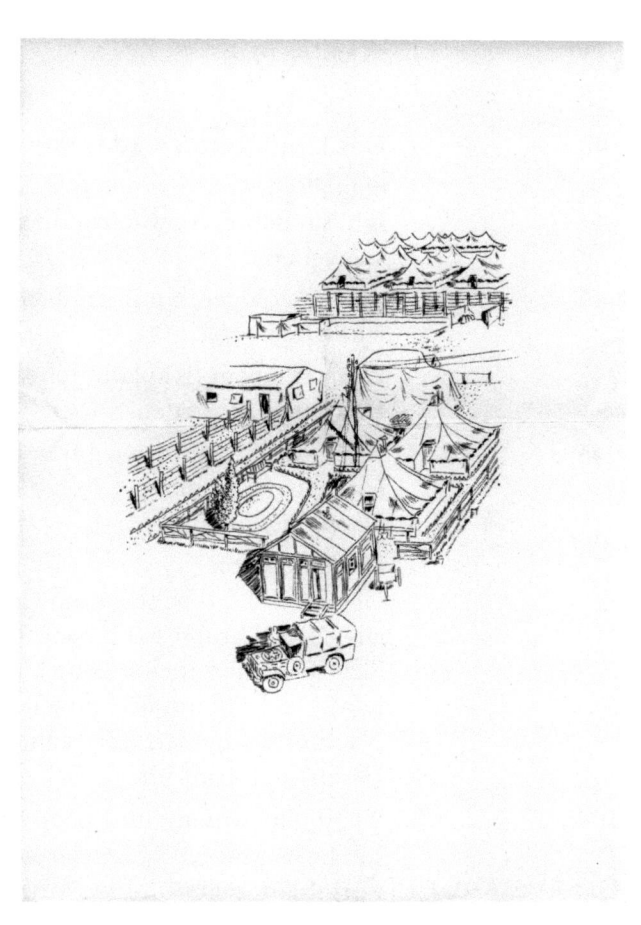

Spitzzelte im Gefangenenlager 1945

März 1945

4.3.1945	Das Headquarter wird verkürzt. Bin ich dabei?
5.3.1945	Ich bin dabei! Auch Grundherr. Wir schweben.
6.3.1945	Alle Theologen kommen nach 9. Bin ich dabei?
7.3.1945	Beim Chaplan (Kaplan). Ich soll Bibliothekar werden.
8.3.1945	Bibliothekarposten wird frei, aber ich bekam ihn nicht.
9.3.1945	Wieder beim Chaplan. Ich soll ins Prison Office. Um 10:00 Uhr ziehe ich im Lager 8 aus. Lucky bringt mich nach 10. Zelt 27 ist nun meine neue Unterkunft. Acht Mann im Spitzelt. Am Nachmittag bin ich frei. Sehr gutes Essen, kein Eintopf.
10.3.1045	08:30 Uhr Anfang im Prison Office. Ich bekomme „B" Karteiarbeiten. Formblätter ein- und aussortieren. Alles geht gut. Am Abend im Theater bunte Varieté-Bühne im Zelt.
11.3.1945	Großkampftag, Sonntag. Essen sehr gut: Haschee, Salzkartoffeln, Bohnengemüse und Pudding. Abends Nachtarbeit mit

182

	Zusatzverpflegung: ein halbes Brot, Fleisch, Butter
12.3.1945	Ich bin immer „fliegende Abteilung", täglich an einem anderen Platz, muss die Urlauber vertreten.
19.3.1945	Fünf Mann verlassen uns, der „Professor" und Schulz aus unserem Zelt. Verleumdung gesiegt.
25.3.1945	Mein erster Urlaubstag. Schönes Wetter. Ich bin faul.
29.3.1945	Muttel hat Geburtstag. Ich denke viel an sie.

April 1945

4.4.1945	Wir beginnen mit Ausschachten.
5.4.1945	Mit Herbert zusammen Urlaub. Wir schachten weiter und haben Ärger mit der Lagerleitung. Trübes Wetter.
14.4.1945	mein zehnjähriger Konfirmationstag
15.5.1945	Etwas Lustiges beim Gottesdienst: Hans kommt der Altarkerze zu nah und verbrennt sich den Ärmel. Ein Geheimnis: Hans nimmt mich mit ins neue Lager.

18.4.1945	Ich hab frei und Geburtstag. Herrliches Wetter. Ich lese Briefe von daheim und denke zurück.
19.4.1945	Mein Wunsch geht in Erfüllung. Der Ami ist vor dem Russen in Leipzig. Leipzig ist von der 1. US Army genommen.
20.4.1945	Ein neues Lager soll vermutlich in Deutschland entstehen. 15 Amis werden bei uns angelernt.
25.4.1945	wieder frei; Wäsche waschen und in der Sonne braten
26.4.1945	Vier von unseren Mannen sollen mit ins neue Lager. Unter ihnen ist auch Charlie unser Englischlehrer und Spezi. Am Abend bunter Abend im Revier mit Peter Putz.
27.4.1945	Seit 1. April erscheint „Die Wahrheit", ab heute durch Matrize. Brünn ist von den Russen genommen. Ich bin nicht mehr bei den „Fliegenden", ab heute bei 2-1 Reception!
30.4.1945	Ich finde den ersten Gefangenen aus Leipzig, Oberst Grammitz. Um 6:00 Uhr spreche ich mit ihm. Vermutlich ist bei mir zuhause alles in Ordnung. Abends Varieté

Hitler tot

„Die Wahrheit", die Lagerzeitung für Kriegsgefangene, herausgegeben von Kriegsgefangenen, berichtet in ihrer ersten Ausgabe in einem Extrablatt am Mittwoch, den 2. Mai 1945, vom Tod des Führers.

Der deutsche Rundfunk gab letzte Nacht bekannt, dass Adolf Hitler am Nachmittag gestorben ist! Großadmiral Karl Dönitz, der ehemalige kommandierende Chef der deutschen Kriegsmarine, ist neuer Führer.

Admiral Dönitz sprach später über den deutschen Rundfunk, so berichtete Reuter und erklärt, dass Hitler „auf seinem Posten" gefallen ist.

„Meine erste Aufgabe", so berichtet Dönitz, „ist, das deutsche Volk vor dem Bolschewismus zu retten. Für dies allein muss der Kampf weitergehen."

Die Bekanntmachung, die der Ansprache Admiral Dönitz vorausgegangen ist, sagt: „Es wird von dem Führerhauptquartier berichtet, dass unser Führer Adolf Hitler, der heute Nachmittag auf seiner Stelle in der Reichskanzlei bis zum Letzten gegen den Bolschewismus und für sein Land gekämpft hat, gefallen ist."

Am 30. April ernannte der Führer Admiral Dönitz als seinen Nachfolger. Der neue Führer wird zum deutschen Volke sprechen.

EXTRABLATT

Jahrg. 1   Mittwoch, den 2. Mai 1945   Nr. 1

DER DEUTSCHE RUNDFUNK GAB LETZTE NACHT BEKANNT, DASS ADOLF HITLER AM
NACHMITTAG GESTORBEN IST! GROSSADMIRAL KARL DÖNITZ, DER EHEMALIGE
KOMMANDIERENDE CHEF DER DEUTSCHEN KRIEGSMARINE, IST NEUER FÜHRER.

GROSSADMIRAL DÖNITZ SPRACH SPÄTER ÜBER DEN DEUTSCHEN RUNDFUNK, SO
BERICHTET REUTER UND ERKLÄRT: DASS HITLER " AUF SEINEM POSTEN"
GEFALLEN IST.

"MEINE ERSTE AUFGABE," SO BERICHTET DÖNITZ, "IST DAS DEUTSCHE VOLK VOR
DEM BOLSCHEWISMUS ZU RETTEN. FÜR DIES ALLEIN MUSS DER KAMPF WEITERGEHE

DIE BEKANNTMACHUNG, DIE DER ANSPRACHE GROSSADMIRAL DÖNITZ VORAUFGEGANG
IST SAGT: " ES WIRD VON DEM FÜHRERHAUPTQUARTIER BERICHTET, DASS UNSER
FÜHRER ADOLF HITLER, DER HEUTE NACHMITTAG AUF SEINER STELLE IN DER
REICHSKANZLEI BIS ZUM LETZTEN GEGEN DEN BOLSCHEWISMUS UND FÜR SEIN LAND
GEKÄMPFT HAT, GEFALLEN IST.

AM 30. APRIL ERNANNTE DER FÜHRER GROSSADMIRAL DÖNITZ ALS SEINEM NACHFO
GER. DER NEUE FÜHRER WIRD ZUM DEUTSCHEN VOLKE SPRECHEN.

Lagerzeitschift „Die Wahrheit" 1945

186

Kapitulation Deutschlands

„Die Wahrheit", die Lagerzeitung für Kriegsgefangene, herausgegeben von Kriegsgefangenen, berichtet am Dienstag, den 8. Mai 1945:

Sieg und Friede

Vollkommene bedingungslose Kapitulation aller deutschen Streitkräfte zu Lande, zur See und in der Luft in Europa

Am 7. Mai 1945 um 01:00 Uhr zu Händen der Oberkommandierenden der amerikanischen, britischen und russischen Armeen, seitens des Oberkommandos der Wehrmacht, wird offiziell bestätigt:

Die vereinigten Nationen haben die Bitte des Oberkommandos der Wehrmacht um eine bedingungslose Kapitulation entgegengenommen, da sie nunmehr an die drei Alliierten: USA, Großbritannien und Russland gestellt wurde.

Die Kriegshandlungen in Europa sind durch die völlige Befreiung der vergewaltigten Länder:

die ehemalig besetzten Teile der Sowjetunion, Griechenland, Holland, Italien, Jugoslawien, Luxemburg, Norwegen, Österreich, Polen, Rumänien, Tschechoslowakei, Ungarn

sowie mit der hundertprozentigen Alliierten Besetzung von Deutschland und der gestrigen bedingungslosen Kapitulation, der bedingungslose Kapitulationen von großen Teilverbänden in den letzten Wochen voraus gegangen sind, mit einem Sieg der Alliierten beendet.

Mai 1945

1.5.1945	Über Nacht hat es geschneit. Alles ist weiß. Nachmittags taut es. Am Abend stürzt Kurt Schenk und kommt ins Revier. Er soll ins Lazarett.
2.5.1945	Morgens Abschied von Kurt. Dann kommt er fort. Nach dem Essen Sondermeldung: Hitler ist tot!
5.5.1945	Ich habe frei und es regnet den ganzen Tag.
7.5.1945	Es ist Frieden! Ringsum ist Feuerwerk, die Friedensglocken läuten.
13.5.1945	Wir haben Sonntag und die Arbeit ruht. Ich bin mit Hans im Cage 7 und besuche Herbert.
17.5.1945	Himmelfahrt. Ein herrlicher Sonnentag.
19.5.1945	Ich habe frei und morgen ist Pfingsten.
20.5.1945	Pfingsten. Am Nachmittag faulenzen wir.
21.5.1945	Ich lese Briefe von meinen Lieben und denke an daheim.
22.5.1945	Und wieder habe ich Holiday.
26.5.1945	Processing arbeitet nicht mehr, ich komme zu Daily Labor mit Helmut Volkmer.

27.5.1945	Essen wird immer schlechter. Wassersuppe.
30.5.1945	Die Entscheidung ist gefallen. Leipzig wird russisch. Am Abend bringt ein Schüler, Peter, klassische Musik. Die ersten Hundezelte entstehen.

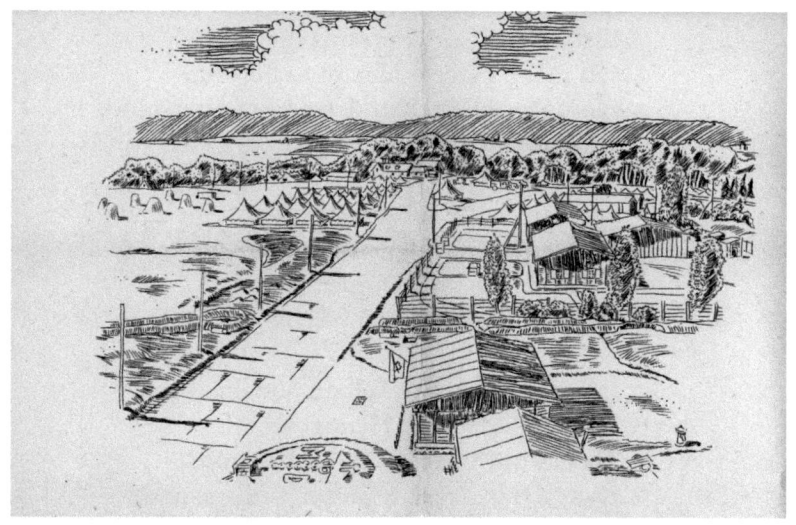

Gefangenenlager 1945

Gedanken hinter Stacheldraht

Im fremden Land hinter Stacheldraht
Liegt ganz traurig ein Soldat.
Der Krieg ist zu Ende, die blutige Schlacht
Und auch die Stunden, die ich gelacht.
Die Sonne brennt heiß, der Himmel ist blau,
Alles ist klar, nur die Zukunft ist grau.
Ich denke an Zuhaus, an die Lieben mein.
Werden sie noch alle gesund beisammen sein?

Ihr Wolken sagt mir, was ihr wisst,
Ob mein Vater noch am Leben ist,
Ob unser Häuschen den Sturm überstand,
Und meine Mutter den Schmerz überwand?

Sind meine Geschwister gut untergebracht?
Oder umdunkelt sie bitter die Nacht?
Und meiner Mutter gutes Herz
Zerbrach es nicht bei solchem Schmerz?

Ich bitte euch Schwalben, die ihr wisst,
Wo zurzeit meine Heimat ist,
Fliegt zur Mutter und tut ihr kund,
Dass ich in Frankreich bin und gesund.

Bin hier gefangen und kann nicht schreiben.
Doch all meine Gedanken kreisen
Um euch, ihr Lieben daheim, die ihr nicht wisst,
Wo zurzeit euer Junge wohl ist.

Rot sah ich die Sonne untergeh'n,
Rot wird der Morgen im Osten steh'n.
Genauso rot beginnt einst der Tag,
An dem dann aufhört alle Klag'.

Dann wird ein Jubel mein Herz umgeben,
Der Körper strafft sich zu zum neuen Leben.
Die Heimat leuchtet sonnig und mild,
Vor meinem Auge als klares Bild.

Ein großes Sehnen geht dann zu Ende.
Glücklich reich ich der Mutter die Hände,
Bekomme ich von ihr dann einen Kuss,
So ist der schönste Willkommensgruß.

Gedicht eines Mitgefangenen Juni 1945

Juni 1945

1.6.1945	Frei und faul. Unser K-Zelt verschwindet.
2.6.1945	Auf der Freilichtbühne ausgezeichnete Darbietung aus dem Offizierslager
9.6.1945	Die Russen sind in Leipzig eingezogen.
11.6.1945	Frei – der Umzug naht.
12.6.1945	Morgens werden unsere Zelte abgerissen. Regen und zwischendurch Sonnenschein. Abends Umzug
13.6.1945	Wir schachten aus! 11 Mann Zeltbelegung
15.6.1945	250 Mann sollen in Lager 10.
16.6.1945	Wir werden aufgeteilt. Ich soll zu den Rabauken. Jan Bender bittet mich, ich soll an seiner Stelle ins Pfarrerzelt ziehen.
17.6.1945	Hartmann gibt die Erlaubnis zum Umzug. Ich schlafe im Zelt 42 diese eine Nacht.
18.6.1945	Einzug in Zelt 62 und wieder schachten.
19.6.1945	Ich komme zur Finanz-Sektion. Schachten.

22.6.1945	Der Zeltbau schreitet fort. Wandbänke und Schränke entstehen. Morgen ist Weihe.
25.6.1945	Frei und im Revier bei Herbert in 7. Ich bin umgeknickt und muss drei Tage ruhen.
27.6.1945	Die Ersten kehren heim. Zone 2. Abends Abschiedsandacht für Zone 1, die morgen geht.
29.6.1945	Ich bin meine Schiene los und wieder im Office. Ein Klavierkonzert – Richter Hanser in unserem Zelt.

Juli 1945

2.7.1945	Eine Sensation! Zone 1 kommt zurück.
4.7.1945	Wir haben frei. Unabhängigkeitstag der USA. Vortrag von Hans in 8. Kirchen-Konzert in Lager 7 und bei Herbert in 10 – Rilke Sonett.
12.7.1945	Um 13:00 Uhr fahre ich zur Brillenbestimmung mit sechs Kameraden nach Villers-Hélon bei Soissons. Herrliche Fahrt bei schönem Wetter in der Freiheit.

| 13.7.1945 | Erste Brotpredigt in Soissons von Hans. |
| 26.7.1945 | Es gibt wieder Schokolade. |

August 1945

1.8.1945	Hermann Dreyhaus kommt als Bergmann fort.
6. 8.1945	Gestern zum Sonntag hatten wir alle frei, heute bin ich allein. Nachmittags fahren wir wieder zur Brillenbestimmung. Diesmal nach Compiègne.
11.8.1945	Ich bin zum ersten Mal beim Tanzabend. Es ist ganz nett. Um 00:30 Uhr ist Schluss. Morgen fast alles frei!
13.8.1945	Große Aufregung! Land- und Transportzone 1 und 3 gestrichen.
21.8.1945	Neue Listen. Offz und Uffz kommen fort.
22.8.1945	Die Mannschaften vom Office sollen als Uffze mit fort. Ich darf auch mit. Ob alles klappt?
23.8.1945	Die Nachtarbeit ist im vollen Gang.
29.8.1945	Ich bin mit bei den Heimkehrern. Nacht 2:00 Uhr Rückprocessing.
30.8.1945	Abschied vom Office. Morgen und Sonnabend frei.

Lager VII
Special Service

" E i n e   g e i s t l i c h e   A b e n d m u s i k "

Mittwoch, 4. Juli 1945, 19,oo Uhr im Kirchenzelt Cage VII

Ausfuehrende:
    Leitung: Hans R i c h t e r - H a a s e r
              Chor Richter - Haaser
              Ein Streichquartett

Peter S c h e e b e n	Tenor
Volkmar K n o t h .	Tenor .
Gert M u s e r	Bariton
Werner R o h r b e r g	Floete
Hans-Juergen T h o m m	Harmonium

F o l g e :

Sanctus aus der deutschen Messe (Chor Richter-Haaser)	Franz Schubert
Improvisation: Choralpartita ueber "Wer nur den lieben Gott lasst walten"	H. J. Thomm
"Die gualdne Sonne" (Volkmar Knoth/ Streichquartett)	Joh. Seb. Bach
Ave verum (Gert Muser/ Streichquartett)	W. A. Mozart
Improvisation: Fantasie c-moll f. Harmonium (Hans-Juergen Thomm)	

"Hebe deine Augen auf", Terzett aus "Elias"
   (Peter Scheeben/Volkmar Knoth/
   Gert Muser)
	F. Mendelssohn -
	Bartholdi

Abendlied (Chor Richter-Haaser)	Abraham Peter Schulz
Siciliano fuer Floete (Werner Rohrberg/Streichquartett)	Joh. Seb. Bach
Kantate: "Jesu meine Freude" (Peter Scheeben/Chor/Streichqutt.)	Buxtehude - Bender *)

*) Die Kantate "Jesu, meine Freude" wurde von Jan Bender,
   einem Mitarbeiter unserer Ev. Lagerpfarr_tes, aus dem
   Gedaechtnis rekonstruiert und entsprechend der Buxtehude'-
   schen Komposition bearbeitet.

Geistliche Abendmusik Juli 1945

September 1945

1.9.1945	Kurt Schenk und Rinecker fahren heute nach Zone C. Abschied von ihnen und von meinem Herbert. Koffer packen.
2.9.1945	Heute ist der große Tag. Ich fahre mit Hans Weidauer nach Erlangen. Um 12:00 Uhr geht's ins Lager 5A. Was wird die Zukunft bringen? Dann denk ich an das letzte Abendmahl am 30. August. Um 15:00 Uhr verlassen wir den Stacheldraht und marschieren zum Bahnhof Attigny. Ankunft am Bahnhof um 15:45 Uhr 16:30 Uhr Abfahrt im 40 Mann-Waggon
3.9.1945	Über Soissons, Reims Châlon und Nancy erreichen wir um 22:00 Uhr Straßburg.
4.9.1945	Um 00:01 Uhr liegt der Rhein hinter uns. Wir sind auf deutschem Boden. Ich bin wieder in der Heimat. Einen schönen Abschluss für Attigny bildeten auch die letzten Vorstellungen unserer Lagerbühne. Freitag „Hans Sachs", Sonntag Schiller „Don Carlos" und „die Räuber".

Heinz Förster vermerkte in seinem Tagebuch, dass Hans Weidauer und er sich selbst entlassen hätten; denn schließlich saßen sie ja an der Quelle. Den Amerikanern war es wichtig, dass sie in die amerikanische und nicht in die russisch besetzte Zone gingen.

Es war ein langer Weg, den Heinz Förster größtenteils zu Fuß zurücklegen musste. Über Nördlingen, Dinkelsbühl, Feuchtwangen und Anspach gelangte er schließlich am 19.9.1945 in das zerstörte Nürnberg. Er versuchte sogleich im Bereich der Evangelischen Kirche unterzukommen. Am 22.9.1945 fand er in Erlangen den evangelischen Bischof Theodor Heckel. Bei ihm konnte er ab 24.9.1945 als Kurier arbeiten. Er verdiente damit 100 Mark im Monat. Im Schloss Marloffstein, sieben Kilometer nordöstlich von Erlangen, fand er eine billige Unterkunft, ein Zimmer für die Nacht. Ab 27.9.1945 wird er offiziell als Sachbearbeiter des Evangelischen Hilfswerks für Internierte und Kriegsgefangene eingestellt. Ihm obliegt die Betreuung von Kriegsheimkehrern. Als Fachkraft wird er 1951 bei der Verlegung des Ev. Hilfswerks nach München mit übernommen. Er bleibt in München, findet später eine Anstellung bei einer Behörde, heiratet hier und wird Vater einer Tochter.

Vom Tode seiner Mutter erfuhr er erst Monate nach seiner Rückkehr aus der Gefangenschaft. Seinen Mitgefangenen und Freund Herbert Schirmer traf er an Silvester 1945 in Sennfeld wieder und feierte mit ihm und seinen Eltern ins Neue Jahr hinein auf dauernden Frieden hoffend.

Heinz Förster kam im Mai 1998 bei einem Verkehrsunfall ums Leben. Im Rollstuhl sitzend wurden er und seine Frau von einem Motorrad erfasst. Er war auf der Stelle tot. Seine Frau überlebte den Unfall schwer verletzt.

Dr. Josef Heidenhoffer 1935

Der Mitläufer

Nicht jeder, der im Dritten Reich Mitglied der NS-Partei war oder einer ihr nahestehenden Organisation angehörte, war ein überzeugter Nazi. Manchmal war es eine Sache des Überlebens, sich eintragen zu lassen. Wie es dazu kommen konnte, zeigt das Schicksal des Arztes Dr. Josef Heidenhoffer.

„Ich gebe zu, dass ich kein Held des Widerstands war, aber Hunger und Not haben mich mürbe gemacht", rechtfertigt er sich 1945. „Im Übrigen war ich Arzt, immer nur Arzt."

Aus dem Gefangenenlager in Moosburg schrieb Dr. Heidenhoffer 1945, damals 38 Jahre alt, befürchtend, seine Familie nie wieder zu sehen, seinem Töchterchen Ursula zum Namenstag folgende Zeilen:

Mein allerliebstes Goldilein!

Heute am 21. Oktober 1945 feierst du, noch unbewusst, Dein viertes Namensfest. Drei Jahre sind bereits über Dich vergangen. Dir unbewusst über die Vergänglichkeit, ohne dass Du es weißt, dass du früher oder später diesen, wohl den glücklichsten Abschnitt des Lebens, noch zurücksehnen wirst. Natürlich hast auch Du bereits in Deinem kindlichen Köpfchen nebst unschuldigen Freuden auch schon kleine und kleinste Sorgen kennengelernt, manch elterliche Verbote, die trotz der Großzügigkeit nun mal in Deinem Interesse notwendig sind, finden nicht Deine Billigung, ja Deinen machtlosen Widerstand. Bereits in diesem langen Lebensabschnitt also lerntest Du manche Widerwärtigkeit des Lebens kennen. Die schützende, stets über Dich wachende Hand Deines lieben Mütterleins hat aber bis jetzt und wird auch in der Zukunft von Dir das Ärgste abwenden müssen, solange Du nicht über Dich selbst verfügen kannst und sollst. Auf diesen Abschnitt Dich vorzubereiten, wird unsere größte Sorge sein. Du weißt auch nicht, wie viele Sorgen das deinen Eltern bereitet, auch kannst du nicht wissen – und Du sollst es zunächst auch nicht – welche Du uns bis jetzt schon bereitet hast. Und doch, das sind die liebsten und schönsten Sorgen Deiner Eltern, die sie nie mehr missen möchten.

Deine kurzen drei Lebensjahre standen in den schlechtesten Zeiten eines furchtbaren Krieges. Als Säugling schon musstest Du das infernalische Geräusch berstender Bomben kennenlernen. Und um Dich zu schützen, musste Mutti mit Dir die Heimat verlassen und in ständiger Sorge um Dich und Vati zwei Jahre verbringen. Gottlob ging alles gut. Ein Verbleiben in der Heimat hätte Euren sicheren Tod bedeutet, so aber schenkte uns das Schicksal ein Kindlein, Dir aber ein Schwesterchen. Nun bist Du nicht mehr allein. Unsere Liebe teilst Du nun mit Süssilein. Sie ist aber dadurch nicht weniger, sondern mehr und noch intensiver geworden.

Jeder neue Tag war trotz der schwersten äußerlichen Umstände für Deine Eltern ein neues Gottesgeschenk. Wir erlebten das letzte Halbjahr vor Deinem dritten Namenstag im namenlosen Glück, das nur durch Eure böse Erkrankung gestört wurde. Aber die Fürsorge Eurer Eltern hat auch diese Krise gemeistert und mit Gottes Hilfe Eure Genesung erlebt. Das Glück schien ungetrübt. Der Lebensinhalt eurer Eltern war die lieben, kleinen nur äußeren Sorgen um Euch, bis das Schicksal abermals mit harter Hand, nun Dir schon bewusst eine Lücke, die Du leider schon empfinden wirst, gerissen hat.

Dein Vati kam am 10. Oktober nicht mehr zurück. Deine Mutti wird trotz der furchtbaren Ungewissheit noch nicht sehr viel Dir wahrnehmbare Sorgen gezeigt haben. Trotzdem wirst Du abgesehen vom Fehlen Deines Vaters gemerkt haben, dass es anders ist. Es ist kein Vati mehr da, der mit Dir Dummheiten macht, dem Du, wenn Du lieb und brav bist, Bussis geben darfst, der Dich morgens und mittags oft in den Schlaf wiegt und Dich dabei ansieht. Ich weiß, Mutti kann das besser und dennoch ist es mit Vati auch schön. Du vermisst mich sicher und Du wirst fragen, warum Dir der böse Vati das kleine Vergnügen entzieht. Warum hat man Dich auf diese Weise bestraft, wo Du doch niemandem etwas zuleide getan hast?

Warum ist das Schicksal auch mit Dir schon so hart? Vati gibt Dir darauf die Antwort: Zunächst einmal, Dein Vati war und ist nicht böse. Er tat sein Leben lang nichts anderes als seine Pflicht den Menschen und Euch gegenüber. Es ist gerade dies das Unbegreifliche am Schicksal, weshalb es immer Unschuldige am härtesten packt und schlechte Menschen ewig begünstigt.

Aber damit müssen wir uns abfinden, nicht nach dem Warum zu fragen, sondern gottesergeben auf sich zu nehmen, was das Schicksal von Gott gewollt bringt.

Nur dieser Gedanke und die Hoffnung, dass ich Euch eines Tages doch wieder sehen darf, hilft mir die furchtbare Gefangenschaft, die ich noch dazu leider unter größtenteils schlechten Menschen verbringen muss, zu ertragen. Dabei ist der Gedanke an Euch mein einziger Trost nebst der Gewissheit absoluter Schuldlosigkeit. Denn, liebes Goldilein, wir sind nur räumlich voneinander getrennt. Mit all meinen Gedanken aber bin ich stets morgens, mittags, abends und auch nachts bei Euch. Ich höre Dich morgens Mamilein rufen mit Deiner lieben, kleinen, energischen Stimme unterbrochen durch das Papilein von Süssilein. Ich bin dabei, wenn Du hübsch angezogen wirst, hübsch und lieb mit Annemarie spielst, isst und wieder müde und lieb schlafen gehst. Und diese Gedanken machen mir die

Gefangenschaft erträglich, denn Gott sei Dank kann man Gedanken nicht unterbinden.

Wenn Du mich aber eines Tages fragen solltest, weshalb ich jetzt fort bin, so wirst Du stets nur die eine Antwort erhalten: Ich weiß es nicht. Ich, der ich die Sünden der Verbrecher der Menschheit stets am meisten gegeißelt habe, muss scheinbar für Verbrecher büßen, die ich stets so bekämpft habe. Du wirst mich fragen, wie so etwas möglich war und ist. Möge Dir das Schicksal gleiche Erfahrungen ersparen. Ich glaube, Euer Vati büßt für Euch schon im Voraus alles ab. Wenn das wirklich der Fall sein sollte, so bin ich bereit, auch in Zukunft das Schwerste auf mich zu nehmen. Wenn es Euch zum Wohle geschieht, bleibe ich gerne in Gefangenschaft und nehme alles ohne Widerrede hin, und ich weiß auch, dass Gott mit dieser harten Probe etwas bezweckt, was Euch letzten Endes zum Wohle gereichen wird. Somit solltest Du, Goldilein, und auch Deine Mutti die Trennung vom Vati als etwas Notwendiges, ja sogar Gutes empfinden. Desto schöner und freudiger wird dann eines Tages das Wiedersehen, das uns Gott bestimmt gewähren wird.

Wieviel Zeit darüber noch hinweggehen wird, wissen wir nicht. Mag sie aber noch so lange sein, die Sehnsucht wird sie zu verkürzen helfen. Dir aber, Goldikind, wünsche ich zu Deinem vierten Namenstag von Herzen das Allerbeste für jetzt und Deine fernere Zukunft. Möge Gott von Dir das Schwerste nehmen, wenn das aber nicht geht, es zu ertragen helfen, wie ich es jetzt bemüht bin. Oft ist es schwer, sehr schwer, aber es muss gehen. Vielleicht werden wir schon Weihnachten, wenn nicht, so an dem vierten Geburtstag oder fünften Namenstag miteinander feiern. Vielleicht wirst Du schon ein noch größeres Mädchen sein, sodass Du Deinen Vater gar nicht mehr wiedererkennst. Möge Gott verhüten, dass das so lange dauert, aber rechnen müssen wir angesichts der Unklarheit der Lage mit jeder Möglichkeit. Deshalb muss ich auch damit rechnen, dass ich gar nicht wiederkomme. In diesem Falle empfehle ich Euch alle Gott. Seine Hand möge Euch im Leben beschützen. Bewahrt Euren Vati in gutem Andenken. Sein Lebenszweck wird bis zu seinem letzten Atemzug Euer Wohlsein. Lehnt Euch gegen Gottes Willen nicht auf, dann wird er Euch für eure Geduld eines Tages belohnen. Und dieser Lohn wird trotz alledem das baldige freudige Wiedersehen sein. Gott erhalte Euch bis dahin in Gesundheit und guter Stimmung. Du aber gedeihe weiter zur wunderbaren Freude der Mutti und zu meinem Troste in den Tagen der Trennung.

Alles Liebe und Gute, 1000 herzliche Küsse als einzig mögliches Geschenk zu Deinem vierten Namenstage

von Deinem Vater.

Dr. Josef Heidenhoffer, geboren am 20. Mai 1907 in Kisdengeleg (Ungarn), wurde am 10. Juli 1945 von der amerikanischen Militärregierung vom Dienst als Assistenzarzt an der Orthopädischen Klinik in München mit sofortiger Wirkung suspendiert. Er arbeitete zunächst als Vertretungsarzt in privaten Arztpraxen in München weiter. Er wurde am 10. Oktober 1945 am Arbeitsplatz verhaftet und von dort direkt in das berüchtigte Lager Moosburg Civilian Internment Camp No. 6 gebracht. In diesem Internierungslager befanden sich mehr als 10.000 deutsche Männer und Frauen, viele von ihnen im sogenannten „Automatic Arrest". Jeder, der sich im Dritten Reich in irgendeiner Weise NS-nah betätigt hatte, konnte in ein solches Lager geraten. Es war eine Mischung aus überzeugten Nazis, Mitläufern, aber auch Unschuldigen. Eine Denunzierung genügte zur Verhaftung. Dr. Heidenhoffer wurde die Leitung der orthopädischen Abteilung des Lagerhospitals übertragen.

Auf dem Meldebogen „auf Grund des Gesetzes zur Befreiung von Nationalsozialismus und Militarismus vom 5. März 1946" vermerkte Dr. Josef Heidenhoffer am 6. September 1946 wahrheitsgemäß:

§ 13. Ich habe weder in der der NSDAP noch einer Organisation eine Arbeit, Tätigkeit oder Dienst geleistet. Ich war nicht Mitglied der NSDAP oder einer ihrer Formationen. Anmeldung zur Partei wurde vom SD erpresst.

§ 14. In SD als ehrenamtlicher Mitarbeiter eingetreten, um nach 7 Jahren eingebürgert zu werden. Als Arzt Arbeit geleistet, kein Schweigegebot, kein Eid, nie Uniform besessen oder getragen.

Wahrscheinlich war sein ehrlich gemeinter Eintrag unter Punkt 1e, ehrenamtlicher Mitarbeiter des SD (Sicherheitsdienst) der SS von 1938 bis 1944, ohne Mitgliedsnummer, und ehrenamtlicher Untersturmführer 1944 gewesen zu sein, Grund für seine Verlegung in das amerikanische „Camp for Civil Internees Nr. 8" am 12. Dezember 1945, das im Juli 1945 als eines von 32 Lagern dieser Art in der US-Besatzungszone in der Jägerkaserne in Garmisch errichtet worden war. Hier schrieb Dr. Josef Heidenhoffer zu seiner Verteidigung seinen Lebenslauf nieder, der mit folgenden Worten begann:

„Nach dem Gesetz bin ich Hauptschuldiger. Ich werde angeklagt, all das, was an Fürchterlichem in den letzten Jahren geschehen ist, verursacht, veranlasst, mit verantwortet und gewusst zu haben.

Hören Sie bitte meinen Werdegang, mein Tun und Treiben seit 1933 und vorher an und beurteilen Sie nachher."

Dr. Heidenhoffer wurde am 20. Mai 1907 in Ungarn als Sohn eines deutschstämmigen Volksschullehrers geboren. Seine Muttersprache, die Schulsprache, war bis 1919 Ungarisch, danach Rumänisch.

Mit dem Regimewechsel setzte in seinem Heimatgebiet, wo Schwaben, Ungarn, Juden, Rumänen, Ruthenen und Armenier bislang einträchtig zusammenlebten, die ungarische Irredenta-Bewegung gegen Rumänien ein. „Wir Schwaben waren daran unbeteiligt. Uns waren völkische und rassische Probleme unbekannt. Wir vertrugen uns mit den anderen Stämmen gut und ließen uns gegenseitige Hänseleien genau wie Juden, Rumänen oder Armenier gefallen. Wir Schwaben waren stets die ‚Dummen‘, wir waren neutral im Kampf Rumänien gegen Ungarn. Die Rumänen behandelten uns gut. Man achtete unseren Fleiß und unsere Anständigkeit. Ein deutschnationales Bewusstsein im Sinne des Patriotismus besaßen wir nicht. Wir waren treue Staatsbürger und betrachteten uns lediglich als zum deutschen Kulturkreis gehörig“, resümierte Dr. Heidenhoffer.

Im Jahre 1924/25 bildete sich der „Ungarländische Deutsche Volksbildungsverein“. Damit begann ein nationaler Kampf Ungarn gegen Schwaben. „Ich war als Jesuitenzögling ebenso wie mein Vater daran unbeteiligt.“

Schon bald aber kam es zu der religiösen Spaltung. Die Sathmarer waren ohne Ausnahme streng katholisch. Vom Reich her zeigte sich eine protestantische Strömung. „Wir entschieden uns für die katholische Richtung, an deren Spitze Prälat Dr. Straubinger aus Stuttgart, unser Betreuer, stand.“

Die Leitung der dortigen nationalen Aktion übernahmen alsbald verkrachte Existenzen und unsichere Kantonisten, von denen sich die Schwaben abgewandt haben. „Genau wie acht Jahre später im Reich kam das Unterste nach oben. Der Unfriede zog ein." Sie begannen übernationale und pangermanische Ideen zu verbreiten, stießen aber beim größten Teil der Schwaben auf Ablehnung. „Wir sahen nicht ein, weshalb jetzt plötzlich Juden, Rumänen oder Tschechen mindere Menschen sein sollen, hatten wir doch bis dahin untereinander im besten Frieden gelebt. Wir lehnten den Pangermanismus ab, ihre ‚Führer' verachteten wir."

Dr. Heidenhoffer kannte in seiner Jugend keine Rassenprobleme. Der Umgang mit Juden war selbstverständlich, seine Kinderkameraden waren zum größten Teil Juden. Kein Wunder also, dass die Christen zum Beispiel Mitglieder des jüdischen Fußballvereins Bar Kochba waren.

Bis zum Abitur besuchte Josef Heidenhoffer das Sathmarer und Grosswardeiner Lyzeum in der ungarischen Sektion. Seine Kindheit war frei von politischen Einflüssen, die Irredenta-Bestrebungen der Umgarn gegen die Rumänen lehnte sein Vater strikt ab. Im Internat der Jesuiten, wo Josef Heidenhoffer sechs Jahre verbrachte, lehnte man Derartiges gleichfalls ab, ebenso an der Theologischen Fakultät, der er bis 1925 angehörte. „Nach Aufgabe des Theologiestudiums im Jahre 1925 entschloss ich mich Medizin zu studieren." Da Josef Heidenhoffer mittellos war, nahm er das Angebot eines Stipendiums des VDA mit 375 RM pro Semester, vier Semester lang, gerne an.

Nach einer kurzen Angestelltentätigkeit in Hermannstadt kam Josef Heidenhoffer 1925 nach Deutschland als angeblich besonders begabter Auslandsdeutscher, um hier Medizin zu studieren. Sein Jugendtraum schien damit in Erfüllung zu gehen. Ohne perfekt deutsch zu sprechen, landete er zunächst in Berlin, um im Sommersemester 1926 und im Wintersemester 1926/27 an der Berliner Universität zu studieren. Der ihm zugeteilte Betreuer, Hans Otto Wagner aus Bacharach/Rhein, nahm ihn in die studentische Verbindung VDST (Verein Deutscher Studenten) auf. „Ich begriff zunächst die Not und das Elend in Deutschland nicht und stand dem Parteienkampf in damaliger Form völlig verständnislos gegenüber." So wurde Josef Heidenhoffer als Unerfahrener in die studentische Verbindung mehr oder weniger gekeilt, deren Wahlspruch es war: „Mit Gott, für Kaiser und Reich". Nach einem Jahr verließ Josef Heidenhoffer diese politisierende und für ihn sinnlose Einrichtung, nachdem er für politisch unreif befunden worden war. „Ich war der einzige Katholik in diesem Verein und noch dazu jesuitenhörig." Fortan widmete er sich ganz dem Studium der Medizin.

Das Sommersemester 1927 verbrachte er an der Universität in Tübingen. Mit dem Wintersemester 1927 setzte er sein Studium in München fort und lebte, da er mittellos war, weitestgehend zurückgezogen. Während seiner Studentenzeit unterstützten ihn ungarische Juden, mit denen er befreundet war, ganz besonders die Mitglieder des ungarischen Quartetts, bei dem er als einziger Nichtjude die zweite Geige spielte. Irgendwelche Beziehungen zur Politik pflegte er nicht eingedenk seines Ehrenwortes, das er dem VDA gegeben hatte, als Auslandsdeutscher sich niemals in innenpolitische Verhältnisse einzumischen. „Diesem Grundsatz bin ich bis heute treu geblieben."

Sein Studium beendete Josef Heidenhoffer am 10. Januar 1933 mit dem Staatsexamen und am 18. Dezember desselben Jahres mit dem Doktorexamen mit gut bzw. sehr gut.

Nach beendetem Studium wollte er zur praktischen Ausbildung noch ein bis zwei Jahre an deutschen Kliniken bleiben, um dann nach Rumänien zurückzukehren. Er wurde jedoch zum praktischen Jahr trotz seines deutschen Diploms und Doktors nicht zugelassen, mit der Begründung, dass er Ausländer sei. Er dürfe, da er als Ausländer die Approbation nicht bekommen konnte, keine bezahlte Stellung aufnehmen. So musste er als

Volontär in verschiedenen Kliniken gegen ein Mittag- oder Abendessen, das er „als Gnade" von Klosterfrauen erhielt, arbeiten.

In diese Zeit fiel der sagenhafte politische Umbruch durch die NS. Als Ausländer sah er das alles eher mit Distanz. Es gefiel ihm aber durchaus, dass man Auslandsdeutsche auch bedachte. Aber leider nur mit Worten. Trotz großer Propaganda blieb Josef Heidenhoffer weiterhin nur Ausländer und wurde bis 1939 auch als solcher behandelt. „Die Repräsentanten der neuen Ära erinnerten mich, soweit ich sie in der Öffentlichkeit überhaupt sah, an die Führer meiner Heimat. Wie Schaub und Christian Weber machten sie mich als ‚große Männer' von vornherein misstrauisch."

Bereits Anfang 1933 wurde Dr. Josef Heidenhoffer von seinen Mitexamenskandidaten aufgefordert, in die Partei oder SS einzutreten. Damit fände all seine Not ein Ende. Er lehnte dies ab und arbeitete lieber als Volontär, zunächst bis Ende Juni 1934 in der Universitäts-Kinderklinik, danach bis September 1935 in der Chirurgischen und ab Oktober 1935 in der Orthopädischen Klinik in München, ohne jegliche Bezahlung.

Seine wirtschaftliche Lage wurde immer unerträglicher. Deshalb übernahm er bereitwillig im April 1933 trotz strengsten Verbotes in Mittenwald die Vertretung des jüdischen Arztes Dr. Schädel. Hier erlebte er zum ersten Mal die ganze, durch den Nationalsozialismus verursachte Tragik, als Ende April 1933 ein alter Jude in der Praxis erschien, schwer herzkrank, und erzählte, als er hörte das Dr. Heidenhoffer ein Ausländer sei, dass er sich von Augsburg mit Frau, Schwiegertochter und zwei Kindern auf der Flucht nach Österreich befände. Nachdem er sie bei sich hatte übernachten lassen, brachte er sie am nächsten Morgen bei Scharnitz über die Grenze. Ein Jahr später vertrat er Dr. Reiter in Hertingen, wo er als Ausländer eine umfangreiche Judenpraxis betrieb.

Die Nazitaufe in Form von Stockschlägen erhielt Dr. Josef Heidenhoffer 1934 im Mathäser-Saal in München anlässlich der Kolping-Jugendtagung von den uniformierten Banditen, die sie überfielen. Kurze Zeit darauf sah er einen Zug geschorener Juden durch München ziehen, darunter einen jüdischen Kaufmann, der ihm als armen Studenten einmal einen Anzug geschenkt hatte. Beim Gastspiel einer ungarischen Fußballmannschaft erhielt Dr. Heidenhoffer eine Ohrfeige, weil er als Sportsmann jüdische Mitglieder gegen Anpöbeleien in Schutz nahm. „Sie waren ja schließlich meine ungarischen Landsleute."

Aus seinem Heimatgebiet kamen ähnliche Nachrichten. Auch dort glaubten einige, erwachen zu müssen. „Sie versuchten auch dort alles Gedeihende mit ihren SA-Stiefeln, wie in der Weltpolitik, zu zertrampeln." Landsleute erzählten ihm, dass sie nicht begreifen können, „weshalb Juden und Rumänen, mit denen wir immer gut auskamen, plötzlich Menschen zweiter **Klasse sein** sollten", nur weil einige Gangster zum eigenen Vorteil es so haben wollten. „Uns fehlte hierfür jedes Verständnis."

1935 musste er auf kriminalpolitische Anordnung hin in München seine Wohnung bei einem Juden aufgeben. Er sei doch Deutscher, wenigstens dem Namen nach! Dieselbe Polizei verbot ihm auch das Tragen des Doktortitels, weil er dadurch den Eindruck erwecken würde, er sei ein approbierter Arzt. Andrerseits versprach man ihm eine herrliche Zukunft, wenn er der Partei oder einer ihrer Formationen beiträte. Dr. Heidenhoffer lehnte dankend ab. „Ich hatte die Nase voll, zumal selbst meine religiöse Betätigung den Anstoß mancher Kollegen erregte."

Noch immer stellungslos, entschloss sich Josef Heidenhoffer 1935, nachdem er von Deutschland genug hatte, nach Rumänien zurückzukehren. „Ich gehörte dorthin." Als er jedoch bei der Gesandtschaft in Berlin um die Einreiseerlaubnis nachsuchte, erklärte man ihm, er habe seine Rechte als rumänischer Staatsbürger verloren, weil er sechs Jahre ununterbrochen außer Landes war und seiner Militärdienstpflicht nicht nachgekommen sei. So stellte er erneut einen Einbürgerungsantrag. Dieser wurde ebenfalls abgewiesen. In Deutschland aber konnte und wollte er nicht bleiben. Er versuchte nach Kanada, Amerika, Südafrika, Argentinien, in die Schweiz und schließlich nach Ungarn zu kommen. Mal fehlte das nötige Geld, mal das Verständnis. „Ich musste schließlich einsehen, dass zum Emigrieren auch Geldmittel und Beziehungen gehörten, die ich aber nicht hatte."

Schweren Herzens entschloss er sich, in Deutschland zu bleiben, in dem Land, das ihn bislang, trotz der Nazipropaganda für Auslandsdeutschtum, besonders seit 1933 sehr ungastlich behandelte. Er stellte einen Einbürgerungsantrag. Als er sein Gesuch einreichte, erklärte ihm der Ratsbeamte im Mai 1935, dass er keine Chancen hätte, da er weder der Partei noch sonst einer parteinahen Formation angehöre. Er riet ihm das umgehend nachzuholen. Josef Heidenhoffer verwies auf sein Ehrenwort. „Dann schreiben Sie wenigstens hinein, dass Sie mit dem Nationalsozialismus sympathisieren", empfahl ihm der Beamte. „In meiner aussichtslosen Lage tat ich das. Und das war das erste Zugeständnis an den Nazismus." Sein Gesuch wurde zwar angenommen, jedoch bis Ende 1938 nicht bearbeitet. Begründung: politisch unzuverlässig.

Kurz darauf erhielt er von der Polizei erneut eine Vorladung. Man beanstandete, dass er bei Juden wohne. Er müsse die Wohnung aufgeben, sonst könne er als lästiger Ausländer eingestuft werden. „Ich tat es schweren Herzens." Auch als er 1936, noch immer stellunglos, Dr. Grundner in Ruhmannsfelden, der mit einer Jüdin verheiratet war, vertrat, drohte man ihm mit der Ausweisung im Wiederholungsfalle.

Er durfte nach wie vor kein Geld verdienen und arbeitete deshalb weiterhin ohne Bezahlung als Volontär. Am 1. November 1936 erhielt er endlich auf persönliche Befürwortung von Professor Lange eine Anstellung als Aushilfsassistent in der Orthopädischen Klinik in München, vorerst befristet bis 1. Mai 1939. Sein Bruttojahresgehalt lag bei 137 Mark. „Ich hungerte nach wie vor, verzichtete auf so manche Mahlzeit, nur um etwas mehr als 15 Mark am Monatsende zu erhalten."

Fortan widmete sich Josef Heidenhoffer glücklich darüber, dass er nach all den schweren Jahren endlich auch eine Unterkunft gefunden hatte, ganz dem Studium und seinem Beruf. Eine voll bezahlte Stellung durfte er nach wie vor nicht annehmen, da er als Ausländer nicht approbiert werden konnte. Seine Einbürgerung erfolgte selbst nach drei Jahren noch nicht. „Auf meine diesbezügliche Vorstellung hin wurde mir gesagt, dass ich keine Aussichten hätte, da ich weder der Partei noch einer Formation angehöre. Ich lehnte den Beitritt nach wie vor ab, ebenso wie jedes Angebot der Befürwortung, da ich der Ansicht war, dass man in Deutschland keiner Protektion in einer gerechten Sache bedürfe." Wegen dieser seiner ablehnenden Haltung musste er zudem Schikanen von Seiten der Kollegen erdulden. Man hielt ihn für einen starrsinnige Idioten, weil er nicht nachgab und nicht zur Partei ging. Er wurde als Dickschädel, Trottel und Idiot beschimpft, weil er sich weiterhin weigerte, durch Zugeständnisse seine Einbürgerung zu erreichen, um sich dadurch eine solide Existenzgrundlage zu schaffen. „Ja, selbst meine 137-Mark Stelle wurde infrage gestellt, weil ich nicht approbiert war. Ich musste hart kämpfen, um wenigstens die Stelle als Aushilfeassistent zu erhalten." Von Woche zu Woche, von Monat zu Monat, von Jahr zu Jahr wartete Dr. Josef Heidenhoffer geduldig auf seine Einbürgerung.

Bereits 1934 hatte er sich verlobt, seine Zukunft in Rumänien sicher wähnend. „Meine tapfere Braut hielt trotz Drängen ihrer Eltern neben mir aus und teilte, selbst mittellos, mein hartes Schicksal." Sie hungerte mit ihm. Die Schwiegereltern, für ihre Tochter nur das Beste wollend, empfahlen ihnen angesichts seiner aussichtslosen Lage, sich zu trennen. Sie aber hielten weiterhin zueinander. „Meine Braut teilte meine Absicht, jetzt erst recht nicht in die Partei zu gehen. Aus Trotz."

**Besuch des Führers in der
Orthopädischen Klinik München am 4. Juli 1937**

1938 lernte Dr. Josef Heidenhoffer durch seinen Klinikkollegen Dr. Gabriel dessen einflussreichen Bekannten Dr. Goldschmied kennen. Dieser mitfühlende Mann erkannte die Notlage des jungen Mannes und bot sich an, ihm durch Bekannte, „die etwas zu sagen haben", in der Einbürgerungsangelegenheit behilflich zu sein. „Ich bat ihn davon Abstand zu nehmen."

Bereits nach wenigen Tagen erschien Dr. Goldschmied unverhofft in der Klinik und erklärte, er könne die missliche Lage des tüchtigen, jungen Arztes nicht länger mehr mit ansehen. Er habe ihn deshalb, um seine Einbürgerung zu erreichen, als ehrenamtlichen Mitarbeiter beim SD angemeldet. „Ich wusste damals nicht einmal, was ein SD war." Dr. Goldschmied erklärte Dr. Josef Heidenhoffer, dass der SD als Sicherheitsdienst eine Einrichtung der SS sei. Dieser fiel aus allen Wolken und bat ihn hierauf, diesen Schritt rückgängig zu machen. Dr. Goldschmied aber versicherte ihm, es sei nur eine Formsache, damit er wenigstens so irgendwo dabei sei. Dies sei seiner Ansicht nach das Unverbindlichste. Verpflichtungen erwüchsen ihm daraus keine. Er werde ihn aus allem heraushalten, versicherte er. „Unter diesen Bedingungen willigte ich angesichts meiner misslichen Lage ein, um endlich sechs Jahre nach meinem Examen erträgliche Lebensbedingungen zu erreichen und heiraten zu können."

Dr. Goldschmied hatte Wort gehalten. Dr. Josef Heidenhoffer hörte bis 1940 nichts mehr von einem SD. Man ließ ihn in Ruhe. Er glaubte schon, nachdem er am 18. Februar 1939 eingebürgert wurde, es würde an Forderungen oder Maßnahmen nichts mehr nachkommen. Er erhielt nach seiner Einbürgerung auch die lang ersehnte Approbation. Am 1. Mai 1939 wurde seine Hilfsassistentenstelle in eine ordentliche Assistentenstelle umgewandelt, die er dann ununterbrochen bis zu seiner Suspendierung im Jahr 1945 bekleidete. Er musste nicht zur Wehrmacht. Während des Krieges war er uk (unabkömmlich) gestellt und arbeitete so in der Zivilabteilung der Klinik. Sein Chef hatte ihn bereits 1939 gegen seinen Willen als einzigen im Frieden nicht gedienten Assistenten uk stellen lassen.

Irgendwann im Jahr 1940 erhielt Dr. Josef Heidenhoffer überraschend die Aufforderung, zur Schweigeverpflichtung beim SD zu erscheinen, der er aber nicht Folge leistete. „Dr. Goldschmied erledigte das für mich." 1941 kam dann in Abwesenheit von Dr. Goldschmied die Aufforderung, zu einer SS-rassenärztlichen Untersuchung zu erscheinen. Er ging daraufhin zum ersten Mal in diese Dienststelle und erklärte naiv, dass er weder der Partei noch der SS beitreten wolle und könne, da ihn sein Ehrenwort binde. Man erinnerte ihn an seine Einbürgerung: „Wenn Ihnen der SD zu Einbürgerung gut genug war, so muss er Ihnen jetzt auch behagen." Ansonsten müsse er Konsequenzen daraus ziehen. „Ich gab nach, weitere schrecklichere Maßnahmen befürchtend."

Bei der rassenärztlichen Untersuchung fiel Dr. Josef Heidenhoffer durch. Das Urteil lautete: „SS-untauglich, hypersensibel, mangelnde Geistesgegenwart, mangelnder Unternehmungsgeist, ostischer Typ." Als er von dieser Disqualifizierung erfuhr, war er wütend und froh zugleich, so dem SD entkommen zu sein. Kurze Zeit darauf aber berichtete ihm Dr. Goldschmied, er habe, um dessen Existenz sich ängstigend, gegen das Urteil des SS-Arztes Einspruch erhoben. Dr. Josef Heidenhoffer blieb unbehelligt bis 1942. Er erhielt allerdings in dieser Zeit die telefonische Nachricht, dass er nun als SS-Anwärter geführt würde.

Ende 1942 wurde er aufgefordert, seine kirchliche Ehe und die Taufe seiner Tochter zu rechtfertigen. Er begründete dies damit, aus Rücksicht auf seine Eltern, seine Frau und die Erziehung seiner Kinder der Kirche treu geblieben zu sein. 1943 wurde er mehrmals aufgefordert, endlich in die Partei einzutreten. Dies sei für einen SS-Anwärter dringlichste Bedingung. Nach weiteren Drohungen meldete er sich bei der Parteidienststelle München am Horst Wessel Platz. An Hitlers Geburtstag 1943 wurde er ohne besondere Verbindung zum SD unerwartet und zu seiner Überraschung zum SD-Oberscharführer befördert.

Nach siebenmaliger Aufforderung und entsprechenden Drohungen erklärte sich Dr. Josef Heidenhoffer schließlich bereit, einen Führerlehrgang in Prag zu besuchen. Er hatte vorher seinen Chef gebeten, ihn hierfür freizustellen. Der sprach von ehrenvoller Berufung und gab ihm zu diesem Zweck generös eine ganze Woche frei.

„Diese acht Tage Führerlehrgang gaben mir den Rest. Die Auswahl der Teilnehmer richtete sich nicht nach Intelligenz, sondern nach Ehrgeiz. In Parteidingen versagte ich zwar, aber meine Allgemeinbildung sicherte mir ein erfolgreiches Bestehen." Man entdeckte bei Dr. Josef Heidenhoffer durchaus verschiedene Mängel wie zum Beispiel keine Parteizugehörigkeit und seine Kirchentreue. Man legte ihm die Verpflichtung auf, diese Schönheitsfehler umgehend zu beseitigen.

Sein Versagen in nationalsozialistischen und geschichtlichen Fragen entschuldigte man mit einem scheinbar gütigen Lächeln als einseitige Sicht eines Arztes. Er hatte es gewagt, auf die These des Lehrers, Juden wirkten in Kultur und Wissenschaft nicht gestaltend, sondern nur destruktiv, vor dem Auditorium zu erklären, dass dies für sein Wissensgebiet als Arzt nicht zuträfe, denn ohne einen Ehrlich sei zum Beispiel keine Luesbekämpfung und ohne Juden keine Hormonforschung denkbar. „Behalten Sie derartige Ansichten, die nicht zutreffen, für sich,

Kamerad!", war die Antwort. Um sich weiterem Druck zu entziehen, übernahm Dr. Josef Heidenhoffer die Kosten für den Führerlehrgang in Höhe von etwa zweihundert Mark selbst.

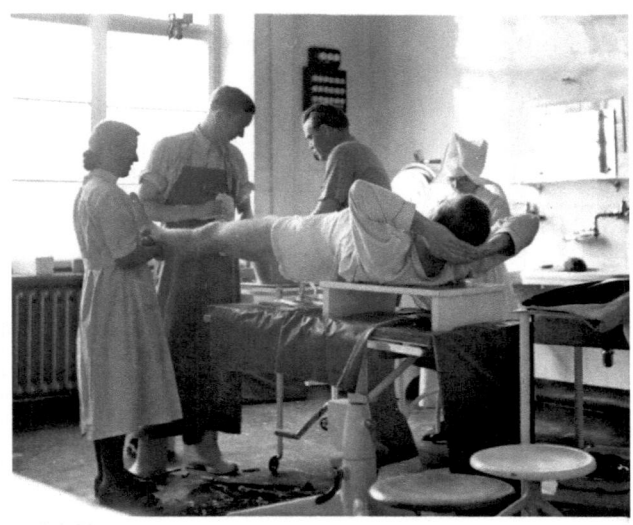

Dr. Josef Heidenhoffer als Assistenzarzt 1940

Anfang 1944 fragte die Dienststelle an, ob er nicht aktiv zum SD wolle, sie bräuchten dringend Leute. Er lehnte dies entschieden ab mit der Begründung, er sei Arzt und werde als solcher gebraucht. Es wurde ihm bei dieser Gelegenheit auch nahegelegt, doch zu überprüfen, ob es notwendig sei, dass er in der Klinik noch immer Juden behandle, und ob er als SD-Angehöriger es mit seiner Ehre vereinbaren könne, Arzt des katholischen Ordens der Barmherzigen Schwestern zu sein. Der SD hoffe, dass er seine Haltung umgehend ändern würde. Auf keinen Fall wollte man ihn ein weiteres Mal aus dem Kloster herauskommen sehen, sonst drohe ihm ein SS-Gericht. Zudem glaubte man, beobachtet zu haben, er hätte angeblich mit Rücksicht auf seine große Inanspruchnahme als Arzt es abgelehnt, SS-Mitglieder und deren Angehörige zu behandeln.

Dr. Josef Heidenhoffer musste fortan ein Disziplinarverfahren befürchten, zumal er nach wie vor die Dienststelle mied. Umso erstaunter war er, als er im Juni 1944 zum SD-Untersturmführer befördert wurde. Telefonisch wurde ihm mitgeteilt, der Reichsführer habe ihn anlässlich seiner Habilitation zum 20. April 1944 ehrenhalber zum SD-Untersturmführer ernannt.

„Der SD hoffte nun, dass ich angesichts der großzügigen Geste meine Haltung ändern und dem Reichsführer meine kirchliche Ehe, die kirchliche Taufe meiner Tochter in einem persönlichen Schreiben rechtfertigen würde."

Die schweren Luftangriffe auf München, die Verlegung der Dienststelle und anderes mehr bewirkten, dass Dr. Josef Heidenhoffer in der Folgezeit von weiteren Forderungen verschont blieb. Seine Betätigung als Untersturmführer erhielt er jedenfalls nie schriftlich.

Im November 1944 zog er sich eine schwere Infektion zu. Er war körperlich und psychisch so stark belastet, dass er dieser an sich harmlosen Krankheit beinahe erlag. Bis Februar 1945 musste er das Bett hüten. Nach einer Fingeramputation kehrte er mit einem Herzmuskelschaden an seinen Arbeitsplatz zurück.

Dr. Josef Heidenhoffer hatte weder im SD noch in der Partei oder in ähnlichen Organisationen einen Dienst, gleich welcher Art, geleistet, keine Berichte verfasst, nie eine Uniform oder ein Abzeichen besessen oder getragen und auch keinen SS-Eid geleistet. Eine Mitgliedschaft in der NSV (Nationalsozialistische Volkswohlfahrt) lehnte er bis 1943 ab mit dem Hinweis, dass ihn der Staat selbst sieben Jahre lang habe hungern lassen. Auch sonstigen NS-Vereinen gehörte er nachweislich nicht an. Auch eine Mitgliedschaft beim Dozenten- und Ärztebund hatte er abgelehnt.

In seiner Rehabilitation schreibt er:

„Ich gebe zu, dass ich kein Held des Widerstandes war, aber mich haben Hunger und Not mürbe gemacht. Parteihörig war ich nie. Mein Bestreben war, den Klauen des SD zu entgehen und das gelang mir mit Hilfe von Herrn Dr. Goldschmied. Ich glaube, wenn jeder sich so verhalten hätte wie ich, wäre in Deutschland nie ein Nationalsozialismus und Hitlerismus möglich geworden.

Immerhin besaß ich den Mut, jüdische Ärzte noch 1936 zu vertreten, bis mich der Kreisleiter aus Ruhmannsfelden auswies.

Ich besaß auch den Mut, mich jahrelang zu weigern, der Partei beizutreten, und wählte dafür lieber den Hunger.

Ich ließ mich von Schwabmünchen vom dortigen Ortsgruppenleiter und Bürgermeister als lästigen Ausländer ausweisen.

Ich habe auch den Mut besessen, mich wegen Befreiung von alten verbrauchten Polizeireservisten offen der Sabotage anschuldigen zu lassen (Dr. **Vielbig**). Ich habe Pazifisten und

Krüppel vom Militärdienst befreit, denn ich sah, dass es nicht um Deutschland, sondern nur um eine herrschsüchtige, brutale Clique und ihre herrliche Existenz ging.

Das Damoklesschwert der Wehrzersetzung schwebte stets über meinem Haupt.

Ich besaß auch den Mut, als sich alle Assistenten weigerten, die Behandlung der Schwestern zu übernehmen, sie von 1939 bis 1945 in meiner Freizeit kostenlos zu betreuen. Wenn mich der SD dafür auch wiederholte Male verwarnte, so verbat ich mir diese Einmischung in meine fachlichen Angelegenheiten.

Ich bot anmaßenden SS-Ärzten die Stirne, wo mein Chef feige nachgab.

Ich habe gewagt, vom Gauleiter protegierte Simulanten in die Schranken zu weisen.

Ich habe bei meiner Ortsgruppe jede Beteiligung beim Volkssturm abgelehnt mit dem Hinweis auf meine Tätigkeit als stellvertretender Klinikchef. Gegen diesen Nazi Günstling führte ich einen vergeblichen Kampf.

Im Übrigen war ich Arzt, immer nur Arzt. Ich habe zehn Jahre in der Orthopädischen Klinik München bezahlt und auch unbezahlt gearbeitet und bin glücklich darüber, dass ich vielen Menschen habe helfen können. Bei schweren Luftangriffen war ich stets zugegen, während der Nazichef in der Ausweichklinik in Saus und Braus lebte.

Meine Familie mit den zwei Kindern habe ich stets vernachlässigt. Die Klinik und ihre Kranken gingen mir vor."

Dr. Josef Heidenhoffer wurde am 23. Januar 1947 von der Lagerspruchkammer in die Gruppe der Entlasteten eingereiht und am 15. Juli 1947 aus der Haft entlassen. Um endlich wieder in Freiheit und zurück zu seiner Familie zu gelangen, nahm er es hin, als Mitläufer eingestuft zu werden.

Dr. med. habil. Josef Heidenhoffer zählte zu den fähigsten Orthopäden Bayerns. Er arbeitete zwölf Jahre lang an der Orthopädischen Universitätsklinik in München, deren Leitung er während des Krieges innehatte. 1949 kam er nach Ingolstadt. Neben einer ausgedehnten klinischen Tätigkeit am städtischen Krankenhaus führte er eine umfangreiche Arztpraxis, durch die er sich das Vertrauen weiter Kreise der Bevölkerung von Ingolstadt und Umgebung erwarb. Seinen Plan, die Errichtung einer orthopädischen Privatklinik, konnte er nicht mehr verwirklichen. Er starb am 11. Oktober 1953 im Alter von nur 46 Jahren.

„Den Menschen Heidenhoffer kennzeichnete sein tiefes soziales Verständnis, das ihn zum Helfer vieler Armen werden ließ", erinnert ein Nachruf.

Dr. Josef Heidenhoffer 1947

Der Fahneneid

Ich schwöre bei Gott diesen heiligen Eid, dass ich dem Führer des Deutschen Reiches und Volkes, Adolf Hitler, dem Obersten Befehlshaber der Wehrmacht, unbedingten Gehorsam leisten und als tapferer Soldat bereitsein will, jederzeit für diesen Eid mein Leben eizusetzen.

Evangelisches Feldgesangbuch 1939

Treue bis in den Tod

Hier ist Krieg, Krieg in seiner schrecklichsten Form – und Gottes Nähe in höchster Spannung. Es wird nun ernst. Aber ich bin so innerlich frei und froh. Es muss doch schön sein, Gott zu schauen. Vor dem Gerichte bangt mir nicht. Ich bin zwar ein sündiges Menschenkind, aber wie groß ist Gottes Gnade und des Heilands Liebe! Darum tue ich getrost und ohne Zittern meine Pflicht für das Vaterland, für mein liebes deutsches Volk.

Evangelisches Feldgesangbuch 1939

Luftwaffenhelfer Josef Grabmeier 1944

Nur zum Schein ein Hitlerjunge

„Meine Kindheit und meine Jugendzeit waren aufgrund der politischen Machtverhältnisse im Dritten Reich von Unterdrückung, Angst und Vorsicht geprägt. Besonders zu spüren war dies beim Abhören von ausländischen Rundfunksendern. Wenn unser Vater zum Beispiel den Schweizer Rundfunk hörte, mussten wir Kinder vor der Türe Wache stehen", erinnert sich Prälat Josef Grabmeier.

Josef Grabmeier wurde 1927 in Höfen Gemeinde Teisbach, einem Markt im Landkreis Dingolfing-Landau geboren. 1933 wurde er eingeschult. Seine Schulzeit verbrachte er bis zur 4. Klasse in Teisbach. In der Oberschule in Straubing legte er später das Abitur ab. In den letzten Jahren des Zweiten Weltkriegs wurde er zum Militärdienst eingezogen. Somit standen seine Kindheit und Jugend unter dem Zeichen des für seine katholisch geprägte Familie widerlichen und gefürchteten Hakenkreuzes, wenngleich er als Kind trotz allem die Geborgenheit in der Familie und die freie Landluft genießen durfte.

„In den ersten Schuljahren blieben wir, vom Schul- und Gemeindeort eine Stunde entfernt, vom Jungvolk und der Hitlerjugend weitgehend verschont", weiß Josef Grabmeier zu berichten. Aber auch ein Gerücht blieb ihm in schrecklicher Erinnerung, von einem Hitlerjungen. Er habe, aus einer weniger angesehenen Familie stammend, sich gegen den Zwang und die Unfreiheit bei der Hitlerjugend aufgelehnt und sei daraufhin spurlos verschwunden. Man munkelte, er sei ermordet worden. Solche Reden verbreiteten Angst und Schrecken unter der Dorfbevölkerung und den jungen Leuten.

„Aufgrund meiner tiefreligiösen Erziehung im Elternhaus und meiner Hochachtung vor den Priestern stand mir der Beruf des Priesters als erste Wahl vor Augen, sodass ich für das nächstliegende Gymnasium in Straubing und das dortige bischöfliche Knabenseminar als Unterkunft vorgesehen war."

1938 war es dann so weit. Aber genau in diesem Jahr machten die Nazis aus dem humanistischen Gymnasium, weil es ihnen zu geistlich und zu altertümlich erschien, eine „neue" Oberschule für Jungen. Dort wurde statt Latein Englisch als erste Fremdsprache auf den Lehrplan gesetzt. Das war für Josef Grabmeiers geplanten Studiengang der Theologie sehr von Nachteil.

Erst nach dem Krieg wurde ihm von angesehener und glaubwürdiger Seite berichtet, dass damals auch das Straubinger Knabenseminar, das bis dahin Aktivitäten der Hitlerjugend im Haus nicht aufkommen ließ, bereits auf dem „Abschuss" stand. Die kirchlichen Verantwortlichen aber wollten unbedingt das Knabenseminar erhalten und gingen einen Kompromiss ein, indem sie dem Haus die Bildung von Jugendgruppen im Rahmen der Hitlerjugend erlaubten in der festen Hoffnung, so den christlich geprägten Geist des Seminars den Schülern erhalten zu können. Das ist ihnen für damalige Verhältnisse auch bestens gelungen. So wurde auch Josef Grabmeier ein Hitlerjunge, aber „nur zum Schein", wie die anderen Schüler auch.

„Wir waren noch blutjunge Schüler und Seminaristen, als wir die ersten aus unserer Klasse im Krieg Gefallene beklagen mussten. Wir beteten für sie. Einer von uns – er war 1924 geboren – musste bereits mit 18 Jahren einrücken. Er ist 1942 gleich zu Beginn des Frankreichfeldzuges gefallen. Ein Jahr später ging es auch uns an den Kragen."

Die im Jahre 1927 geborenen Schüler mussten nun als Luftwaffenhelfer zur Ausbildung nach Regensburg. Hier erlebte Josef Grabmeier zum ersten Mal die verachtende Haltung der Nazis gegenüber den Theologiestudenten.

„Ein Lied!", schrie der Ausbilder bei der Einschreibung im Befehlston die sechs Seminaristen an. Er erwartete wenigstens die erste Strophe der Deutschlandhymne „Deutschland, Deutschland über alles" oder des Horst Wessel Liedes „Die Fahne hoch" von ihnen. Dazu aber waren die katholischen, jungen Männer nicht in der Lage. Oder wollten sie nicht? Der Kopf des Ausbilders verfärbte sich tiefrot. Es war Ausdruck seines Zorns. „Unter den Tisch!", stieß er wütend hervor und zeigte dabei mit ausgestrecktem Finger den Weg dorthin.

Die jungen Katholiken gehorchten und duckten sich ängstlich unter den Tisch.

„Singen, hab` ich gesagt. Singen sollt ihr!", brüllte der Kommandierende abermals.

Nachdem ein Mitstudent den Ton vorgegeben hatte, setzten die jungen Männer an, als hätte es ihnen allen gleichzeitig eine innere Stimme eingegeben: „Aus der Tiefe rufen wir zu Dir. Herr, höre meine Stimme."

„Halt! Halt! Aufhören!" Brüllend versuchte der Ausbilder den Gesang der jungen Theologiestudenten zu beenden.

Nach einer kurzen Ausbildungzeit wurden sie in der Umgebung von Regensburg an der Flak (Flugabwehrkanone) eingesetzt. Sie mussten, zuletzt von der Berghöhe bei Kneiting aus, ihre Geschütze auf die einfliegenden, feindlichen Flugzeuge richten. Josef Grabmeier war sich schmerzlich bewusst, „dass darinnen Menschen wie wir saßen, die wie wir um ihr Leben bangten. Mir zog es jedes Mal das Herz zusammen. Aber wir waren irgendwie zu jung, um das alles wirklich begreifen oder gar verarbeiten zu können. Nur eines wussten wir: Wer sich weigert, liefert sich der Verurteilung aus, wahrscheinlich sogar der Verurteilung zum Tode."

1944 wurde Josef Grabmeier nach dem für jeden gesunden jungen Mann vorgeschriebenen Reichsarbeitsdienst zum Militär einberufen. Unmittelbar nach der Grundausbildung sandte man ihn zur Unteroffiziersausbildung nach Grafenwöhr und schon kurz darauf wurde er von dort, bei Nacht und Nebel im Eiltempo in voller Sturmausrüstung, jedoch ohne jegliche persönliche Sachen, zur Abwehr der von Westen her einrückenden amerikanischen Panzerkolonnen abkommandiert.

Der erste Einsatz seiner Kompanie war an einer Einfallstraße. Die Soldaten lagen etwas verdeckt in schnell ausgegrabenen kleinen Gruben. In den Händen hielt ein jeder zitternd eine Panzerfaust, ein einfaches Werferrohr, an dessen oberen Seite eine simple aufklappbare Zielvorrichtung mit Abzug angebracht war. An der Vorderseite befand sich ein etwa 3,3 kg schweres Geschoss gefüllt mit Sprengstoff.

Doch der Einsatz ging schnell zu Ende, da die feindlichen Panzer einen anderen Weg als vermutet eingeschlagen hatten. „Dann ging es für uns schrittweise immer weiter zurück, da unsere Truppe viel zu schwach war, um die haushoch überlegenen feindlichen Truppen aufzuhalten."

Der anfängliche Kampfgeist der Verantwortlichen sank bald schon auf den Nullpunkt, viele Soldaten suchten das Weite. Auch Josef Grabmeier schloss sich zwei älteren, lebens- und kriegserfahrenen Soldaten an, um auf Waldwegen in Richtung Heimat zu türmen. Dabei galt es, die von den SS-Leuten, die fast überall zugegen waren, kontrollierten und die von den amerikanischen Soldaten bereits besetzten Gebiete zu meiden. Sie schlugen sich vorsichtig durch unkontrollierte Wälder. Dennoch liefen sie schon bald einer amerikanischen Wachtruppe in die Hände. „Die Amis schlugen uns brutal zu Boden, bearbeiteten uns mit ihren Stiefeln und zerrten uns zur nächsten Sammelstelle für deutsche Gefangene. Dort mussten wir zunächst auf einem eingezäunten Misthaufen bei einem naheliegenden Bauernhaus ausharren."

Am nächsten Morgen wurden sie in ein Sammellager gebracht. Dort mussten sie unter freiem Himmel übernachten, um schon bald darauf mit LKW in weitere Lager transportiert zu werden.

Auf dem letzten Abschnitt des Transports wurde der Lastwagen, in dem Josef Grabmeier gefangen war, jäh abgebremst. Ein großer LKW, vollgepfropft mit achtzig bis hundert Gefangenen, der ihnen vorausfuhr, war einen tiefen Hang hinuntergestürzt. Die anderen acht LKW hielten ebenfalls. Lärm und Geschrei drangen zu ihnen. Die Wachmannschaften und Fahrer stiegen aus, zündeten sich lässig Zigaretten an, lehnten sich an die LKW und schauten dem Unglück teilnahmslos und abwartend zu. „Wir schrien und wollten helfen."

Nach langen Schreckminuten wurden die Verriegelungen an den LKW geöffnet.

„Wir durften raus und helfen und konnten so einige Kameraden, die eingeklemmt waren, retten. Die Toten mussten wir liegen lassen. Mich verwunderte, dass von den Wachmannschaften nur die farbigen Soldaten sich in den Graben hinunter bemühten und mit Bohlen den verunglückten und total zertrümmerten LKW hoben, um die darunterliegenden Gefangenen herauszuholen."

Dann ging es weiter, in das endgültige Lager bei Bad Kreuznach, das in einem der vielen aufgelösten Weinberge am Rhein lag. Eine Lagerstätte ohne Dach über dem Kopf, ohne Schutz vor Wind und Wetter. Die Gefangenschaft dort dauerte knapp drei Monate, immer unter freiem Himmel und nachts auf der bloßen Erde liegend, bei Hungerrationen.

Eine größere Decke, die Josef Grabmeier in die Gefangenschaft hatte retten können, bot ihm und seinem Kameraden Hans Prchal in kalten Nächten etwas Schutz und Wärme. Dieser war dankbar dafür, die Decke mitbenutzen zu dürfen. Er kam aus Wien und war bereits vor dem Krieg dort Student. Hans Prchal war ein engagierter Altkatholik.

Nachts bekam jeder von ihnen in der flachen Grube, die sie sich wie die anderen Kameraden mühsam mit den Händen gegraben hatten, einen Teil der Decke zum Schutz vor der Kälte. Sie unterhielten sich brüderlich miteinander über frühere Zeiten, das gute Essen zu Hause – das Gesprächsthema ringsum unter den Gefangenen schlechthin - und über Religion. Oftmals beteten sie zusammen, bis sie endlich einschliefen.

„Im Nachhinein betrachtet, war dies für mich eine wertvolle Zeit in meinem Leben, denn sie war trotz aller Not und allen Leids doch auch so voller Licht und Hoffnung. Beides gab mir mein Glaube an den lebendigen Gott. Aber auch die Hilfsbereitschaft unter uns Gefangenen, die ich anbieten und empfangen durfte, waren Momente des Glücks, ebenso die tiefen, offenen und ehrlichen Gespräche miteinander und schließlich die Botschaft vom Frieden, die unerwartet und doch so sehr ersehnt zunächst als Gerücht im Lager umherging und sich dann bewahrheitete. Die Not, die wir erlebten, lehrte uns beten und ein schlimmes Schicksal miteinander tragen."

Eines Tages übergab Hans Prchal, den Josef Grabmeier als sehr wortgewandt in Erinnerung behielt, ein von ihm verfasstes Gedicht als Dank für die tiefe Freundschaft. Er hatte es auf Zeitungspapier, das die Besatzer weggeworfen hatten, geschrieben.

Die Verse des Kriegskameraden Hans Prchal will Josef Grabmeier allen widmen, die mit ihm im Krieg Not und Leid erfahren und geteilt haben und die ihm in diesen schweren und schrecklichen Zeiten hilfreich zur Seite standen.

Was ist ein Freund oft wert im Leben,
was mag in Not er erst uns sein.
Was wahre Freundschaft mag zu geben,
das möcht ich nicht entraten sein.

Denk an die viele Hilf in Tagen,
wo selbst er hilfsbedürftig war.
Denk auch der vielen, vielen Gaben,
die er noch gab des Nötigsten bar.

Vor allem aber dank des Trostes
in Seelenpein, in Qual und Schmerz,
den er – bedürftig selbst des Trostes –
geträufelt uns ins wunde Herz.

Und denke jeder schönen Stunde
in Freud, in Ernst: Gemeinsamkeit
der Seelen gebe unserem Bunde
den Wert, die Dauer – Unsterblichkeit.

Hans Prchal

Josef Grabmeier wurde bereits am 23. Juni 1945 wieder aus
der amerikanischen Kriegsgefangenschaft entlassen, weil die
Amerikaner nicht einmal für ihre eigenen Soldaten genug zu essen hatten. Am 12. Juli 1945 kam er zuhause an.

Er blieb seinem Wunsch, als Priester Gott und den Menschen zu dienen, treu. Nach seiner Rückkehr studierte er in Regensburg Theologie. 1952 wurde er im Hohen Dom zu Regensburg von Erzbischof Michael Buchberger zum Priester geweiht.

Nach Kaplanstellen in Cham und Selb arbeitete er in Mietraching als Pfarrkurat. Später war er Assessor bei der katholischen Jugendfürsorge in Regensburg, dann Pfarrer in der Gemeinde Klardorf und Dekan im Dekanat Schwandorf. 1977 wurde Josef Grabmeier ins Regensburger Ordinariat als Domkapitular berufen. 1988 wurde er zum Prälaten ernannt. 2012 konnte er sein 60-jähriges Priesterjubiläum feiern.

Josef Grabmeier besuchte 1946 seinen Kriegskameraden Hans Prchal in Wien. Es war ein freudiges Wiedersehen im Frieden. Bereits ein Jahr später verstarb dieser, wahrscheinlich an den gesundheitlichen Folgen des Krieges.

Im Juli 2021 feierte Prälat Josef Grabmeier im Kreise seiner Freunde und Verwandten seinen 94. Geburtstag bei voller geistiger und körperlicher Gesundheit und Frische. Bei dieser Feier vertraute er den Gästen seine Kriegserinnerungen an.

Prälat Josef Grabmeier 2021

Stalingrad

Erscheinen meines Gotteswege
mir seltsam, rätselhaft und schwer
und geh'n die Wünsche, die ich hege,
still unter in der Sorge Meer.
Will trüb und schwer der Tag verrinnen,
der mir nur Sorg und Leid gebracht,
dann darf ich mich auf eins besinnen:
Dass Gott nie einen Fehler macht.

Wenn unter ungelösten Fragen
mein Herz verzweiflungsvoll erbebt,
an Gottes Liebe will verzagen,
weil sich der Unverstand erhebt,
dann darf ich all mein müdes Sehnen
an Gottes Rechte legen sacht
und sprechen unter vielen Tränen:
Dass Er nie einen Fehler macht.

Drum still, mein Herz, und lass vergehen,
was irdisch und vergänglich heißt.
Im Lichte droben wirst du sehen,
dass gut die Wege, die Er weist.
Und solltest du dein Liebstes missen,
ja, geht's durch finstre, kalte Nacht,
halt fest an deinem sel'gen Wissen:
Dass Gott nie einen Fehler macht.

Der Verfasser dieser Verse ist unbekannt. Das Gedicht wurde im Jahre 1946, als in Stalingrad die verschütteten Keller gesäubert wurden, bei einem gefallenen deutschen Soldaten gefunden. Der Tote trug es in seiner Brieftasche.

Ein Kriegsgefangener, der bei der Bergung der gefallenen eingesetzt war, brachte das Gedicht mit nach Deutschland. Gleichsam als Vermächtnis der Toten von Stalingrad hat er es all die Jahre der Kriegsgefangenschaft bei sich getragen. „Es ist mir zum Kraft- und Trostlied geworden", schreibt er dazu.

Nachwort

Kriege produzieren Verluste, Schmerz und großes Leid. Sie sind nachweislich die schlimmsten Verursacher von Traumafolgestörungen und deren Übertragung auf die nachfolgenden Generationen.

Krieg, Tod, Heimatverlust, Flucht, Vergewaltigungen und andauernde Lebensgefahren können Menschen physisch und psychisch sogar zerstören, aber auch ein verheerendes Ausmaß an neuen Opfern und Tätern produzieren, die wiederum weitere Generationen mit ihrem Leid belasten.

Jeder Krieg und jede Flüchtlingswelle bringen traumatisierte Menschen mit sich. Selbst Kinder, die die Tragweite des Erlebten noch nicht verstehen, können davon betroffen sein. Ihre Eltern vererben ihnen möglicherweise unbewusst ihre eigenen Traumata. Nicht selten tragen Kinder und Enkelkinder die erlittenen Wunden vorheriger Generationen aus. Sie können dabei Symptome entwickeln, als hätten sie das Leid ihrer Vorfahren selbst erlebt. Mit unerklärlichen Ängsten, innerer Leere, Schuldgefühlen, Bindungs- und Beziehungsstörungen, Alpträumen, Bulimie, Suizidgedanken, Burnout, geringe Belastbarkeit und psychosomatischen Erkrankungen inszenieren sie die Schrecken und seelischen Verletzungen ihrer Ahnen immer neu. Das bestätigen nicht nur die im Zusammenhang mit dem Holocaust initiierte Traumaforschung, sondern hinreichend auch wissenschaftliche Untersuchungen und Erklärungen im Bereich der Epigenetik. Forscher weltweit versuchen den Einfluss traumatischer Ereignisse auf die Kinder und Enkelkinder zu verstehen und können diesen inzwischen sogar auf den DNA-Strängen nachweisen. Aber auch die Bibel weiß dieses psychologische Phänomen zu erklären mit Hinweisen wie „Der sei verflucht bis ins vierte Glied". Ersetzten wir das Wort „verflucht" mit „belastet" gibt es den Traumaforschern recht, die feststellen, dass traumatische Ereignisse sich bis in die vierte Generation auswirken können und oft sogar einen Generationssprung zulassen. D. h. das Trauma der Großeltern wird nicht von deren Kindern, sondern eventuell erst von deren Enkelkindern erlebt. Und das meist unbewusst.

Die Generation unserer Eltern und Großeltern hat in zwei Weltkriegen Traumen als Opfer und als Täter erlebt. Nicht nur Soldaten darf man psychische Verletzungen zugestehen, sondern auch Flüchtlingen. Sie haben Gewalt erfahren und Todesängste ausgestanden, wie auch Berichte in diesem Buch zeigen. Sie durften oder konnten oftmals gar nicht über ihre schrecklichen Erfahrungen sprechen.

Ein Trauma aber will gesehen, gehoben und erlöst werden.

Als Ko-Autor und Herausgeber dieses Buches möchte ich nicht nur meinen tiefen Respekt vor den Menschen bezeugen, über deren Kriegserlebnisse hier berichtet wird, sondern auch den Leser dazu ermutigen, hinzuschauen, zu fragen und zu sprechen, solange dazu noch die Möglichkeit besteht; denn was den Seelenfrieden betrifft, ist nicht Schweigen Gold, sondern Reden.

Alles verstehen heißt alles verzeihen, wenn beide Seiten dazu bereit sind. Und das ist Voraussetzung und Nahrung für eine sehr menschliche Fähigkeit:

Versöhnung

L. Alexander Metz

Geschichten, die das Leben schrieb

So war's und ned anders – Der versteckte Bua

Alex ist ein Kind der Liebe. Da sein Erzeuger ein Zwangsarbeiter ist und niemand von der Schwangerschaft seiner Mutter erfahren darf, wird er in Cham, einer Kleinstadt im Herzen des Bayerischen Waldes, im damaligen Armenhaus Deutschlands, versteckt gehalten. Seine Geschichten erinnern an alte Zeiten, die zwar nicht besser waren, in denen die Menschen aber mit weniger glücklich und zufrieden sein konnten.
Ein BoD-Bestseller

als Buch: ISBN 978-3-7386-4202-5
als eBook: ISBN 978-3-7392-7815-5

Der zerbrochene Engel

Quem Deus amat eum castigat
Wen Gott liebt, den züchtigt er

Alex, der Sohn eines Zwangsarbeiters, den man bisher in Cham bei einer Pflegemutter versteckt hielt, kommt mit 9 Jahren ins Internat. Aus ihm soll einmal etwas werden, meint seine echte Mutter und freut sich, dass er wegen seiner glockenhellen Sopranstimme im Chor der Regensburger Domspatzen aufgenommen wird. Eine harte Zeit steht ihm bevor, nicht zuletzt, weil jeglicher Kontakt zu seiner geliebten Pflegemutter unterbunden wird. Das Einzige, was ihn mit ihr noch verbindet, ist ein geweihter Schutzengel aus Gips, den sie ihm zum Abschied schenkt.

Buch: ISBN 978-3-7448-3548-0
eBook: ISBN 978-3-7448-0605-3

*"Ich weiß ned, war die Zeit schuld oder war ich selber
schuld an meinem Leben?"*

So beendet Ossi, der treusorgende Familienmensch, der zuver-
lässige Freund, der Herzensbrecher, der Zuhälter, der Anstifter
zum Mord und Mörder seine Lebensbeichte.

Ein Blick in eine wenig bekannte Welt im München des 20.
Jahrhunderts. Humorvoll und spannend geschrieben.

Ein BoD-Bestseller

     als Buch: ISBN 978-3-8423-7369-3

     als eBook: ISBN 978-3-8448-6972-9

ROSE MARIE BRAUN

LUSTIG UND KREIZFIDEL
EIN LEBEN 1910 - 1999

L.A.M.

„Warum nur hab ich immer Pech?"

Es war nicht Neid, was sie empfand. Es war ein anderes, tieferes Gefühl, eine Art Traurigkeit.
Mitreißend und ergreifend geschrieben, die wahre Geschichte der Münchnerin Mathilde Markelstorfer, die nicht zu den Reichen und Schönen gehörte.
Ein bemerkenswertes Zeitdokument des 20. Jahrhunderts.
Ein BoD-Bestseller

als Buch: ISBN 978-3-7322-9091-8
als eBook: ISBN 978-3-7357-1653-8